지루한 여행을 떠났으면 해

지루한 여행을 떠났으면 해

이지나 지음

북하우스

당신이 아니었다면 나는 진정 사랑을 몰랐을 거야.

언제나 내 편, 현철이에게.

그리고 가늠할 수 없는 깊이의 행복을 일깨워주는

나의 친한 친구, 얼이에게.

Warszawa, Poland

Kosgoda, Sri Lanka

Tallinn, Estonia

Tallinn, Estonia

들어가며

이 책의 이야기는 몇 해 전 어느 여름에서 시작한다.

그 여름, 아이가 태어났고 우리는 셋이 되었다. 결혼이 그러했듯 출산과 육아도 삶의 모든 부분에서 변화를 가져왔다. 나는 언제나 아이와 함께였고, 우리는 모든 것을 셋이서 하기 시작했다. 일상의 모든 공간과 순간에 서로가 채워졌다. 혼자였던 여행이 둘이 되었듯, 이제는 자연스레 셋이 떠나게 되었다.

열기가 식지 않은 밤에는 아이를 재우고 난 후 글을 썼다. 밤을 지새우며 꿈을 꾸었다. 길을 잃은 숱한 밤으로 엮은 글을 온라인 플랫폼인 브런치에 올렸고, 아프리카 여행 중 나이로비 공항에서 며칠 만에 와이파이를 연결하고 브런치북 프로젝트 수상 소식을 들었다. 셋이서 여행하며 찍은 사진 중 몇 장은 사진 공모전에 출품했다. 최종 심사 날에는 아이와 함께 심사장에 가서 아이를 맨 뒷자리에 앉히고 앞에 나가 프레젠테이션을 했다.

시상식에는 셋이서 참석했다. 꽃다발과 상패를 나눠 들고 갤러리에 걸린 우리 사진을 보았다. 그 글과 사진의 일부는 지금 이 책에도 실려 있다.

일상에 작은 틈이 생기는 대로 부지런히 떠났고, 성실하게 돌아왔다. 우리는 직장생활을 하고 아이를 키우는 평범한 보통 사람들이니 주어진 휴일과 휴가에만 여행했다.

여행과 일상은 마치 토끼풀이 가득한 들판 같다. 드문드문 피어난 네 잎 클로버를 발견하면 우리는 그것을 귀중히 간직하지만, 언덕을 푸르게 채우는 것은 세 잎 클로버들이다. 세 잎 클로버의 꽃말은 행복이라고 했던가. 우리는 낯선 풍경에서 익숙함을 발견하고, 여행 안에서 일상의 소중함을 돌아보았다.

오래전, 매일 아침 같은 시간에 일어나 어제와 같은 곳으로 출근하던 날에, 높고 커다란 빌딩 안 작은 책상에 온종일 앉아 정신없이 일하다가 어두워지고 나서야 집으로 돌아오는 일을 날마다 반복하던 무렵에, 어린 아기를 안고 부서질 것 같은 몸과 마음으로 지금이 낮인지 밤인지도 모른 채 하루하루가 흘러가버리던 날에도, 어딘가로 떠날 수 없는 날에는 책을 읽었다.

이국의 이미지와 이야기가 담긴 책이 내게 위로가 되어주었다. 일상에 창 하나를 내어 그 창문을 열어보듯 마음에 환기와 온기가 필요할 때 책을 열어 보았다. 아주 나중에 언젠가 기회가 온다면 나도 그런 책을 쓰고 싶었다. 어느 페이지를 펼쳐서 읽어도 괜찮은, 열 때마다 다른 풍경이 펼쳐지는 책을.

아이는 올해 여섯 살이 되었다. 그동안 우리는 열다섯 개의 나라와 서른 곳이 넘는 도시를 함께 걸었다. 가족이 함께하는 여행에 관해 이야기하고 싶었다. 글자와 사진으로 기억을 기록하는 일은 나의 오랜 습관이어서 내게 가장 익숙한 방법으로 이야기를 담았다. 다섯 해에 걸친 여행기를 시간과 공간을 넘나들며 풀어놓았다. 여행과 가족이라는, 삶에서 소중한 것들을 통해 스치고 머문 것을 어루만졌다.

뭔가 꾸며 쓰려니 솔직해지기가 힘들고, 덜어내다 보면 문장이 남지 않더라. 그래서 있는 그대로, 마음이 흘러가는 대로 나누려 했다. 여행이 우리에게 주는 가르침과 매력은 우리가 서로 다르기에 그 다양함이 세상을 아름답고 흥미롭게 만든다는 것에 있다. 여기 있는 또 하나의 여행이 누군가에게는 공감과 위안이 되기를 바라본다.

올여름, 얼이가 태어나던 그해 못지않게 뜨거운 여름을 보냈다. 그 여름에는 아이가, 이번 여름에는 한 권의 책이 내게 왔다. 세상의 많은 것이 그러하듯 책을 만드는 일도 혼자 하는 일이 아니라는 것을 배웠다. 이 책이 세상에 태어날 수 있게 만들어주신 오세은 편집장님과 북하우스 가족분들께 마음을 다해 감사를 전하고 싶다.

그리고 이 책의 주인공이자 이 책을 가장 기다려온 두 사람, 하나님이 내게 주신 것 중 가장 좋은 둘, 현철이와 얼이에게 사랑한다고 한 번 더 말해줘야지. 사랑해. 사랑해.

마지막으로, 여행을 떠나고, 아이를 돌보고, 글을 쓰는 것과 사진을 찍는 것 모두 내게는 예배였음을 고백한다. 우리가 보내는 하루하루는 하나님 앞에 쌓여, 시간이 지나 우리는 지금 이 순간의 가치를 영원에서 볼 것이다. 우리는 사랑으로 지금을 산다.

2018년 10월

이지나

차례

지루한 여행을 떠났으면 해

그 시절은 진정 여름이었다. 우리 삶의 여름날.
땀 흘려 수고하고, 뜨겁지만 찬란하고 눈이 부신 날들.

8

셋이 떠나는 여행이 시작되었다

봄이 지나 여름이 시작될 무렵이었다. 하나였던 내가 사랑하는 사람을 만나 둘이 되고, 그 둘이 하나 되어 우리에게 얼이가 와준 것은.

우리는 셋이 되었다. 천국은 점점 늘어나는 것이라더니, 그렇게 우리 집에는 작은 천국이 도착했다.

오랜 친구였던 남편과 나는 이십 대의 마지막 해에 결혼했다. 결혼 후 두 번째 맞이한 가을, 우리는 부모가 되었음을 알았다.

임신 기간은 달콤했던 신혼의 연장이었고 즐거움의 연속이었다. 이전처럼 틈나는 대로 데이트를 하고, 맛있는 음식을 만들어 먹고, 도서관과 카페에 가고, 늦잠을 자고, 여행을 떠났다. 둘이 보내던 일상에 초음파 사진을 들여다보고 신비로운 태동을 함께 느끼는 일이 더해졌다. 우리는 아이에게 '얼'이라는 이름을 지어주고, 마치 여행을 떠나기 전의 설렘을 누리듯 그 시간을 보냈다. 기다림은 설레는 것이었다.

나와 얼이는 열 달 내내 건강했다. 평소에도 아픈 곳 없이 튼튼하고 체력이 좋았던 나는 모든 검사를 안정적인 수치로 통과했다. 그 고통스럽고 힘들다는 입덧마저 하지 않았다. 대신에 내가 임신 안정기에 접어들기 전까지 남편이 이유 모를 소화불량과 메스꺼움으로 한동안 고생을 했다. 아내를 많이 사랑하는 남편들이 간혹 입덧을 대신하기도 한다더니, 정말 그래서였던 걸까.

누군가는 사랑이 밥 먹여주냐고 한다. 그 무렵의 우리는 그랬다. 날마다 사랑에 밥을 말아 먹으며 얼이는 무탈하게 쑥쑥 자랐다. 얼이를 가진 내 얼굴에는 윤기가 돌고, 마음에서는 노래가 흘러나왔다. 길을 걸으면서도 어깨가 들썩이고 웃음이 데굴데굴 쏟아지는 날들이었다. 배가 꽤 많이 불러왔을 무렵, 횡단

보도 옆에 서 계시던 어떤 어르신께서 임산부가 어쩌면 그렇게 발걸음이 가벼우냐고 물어보실 정도였다.

몸이 점점 무거워졌지만, 남편과 둘이서 평소처럼 일상을 보냈다. 임신 전처럼 인쇄소에 가고 디자인을 했다. 고요한 날들이었고, 모든 것이 순조로웠다.

하지만 막달은 만만치가 않았다. 일찌감치 배가 많이 나오면서 묵직했던 얼이의 무게는 내게 처음 겪어보는 허리 통증을 안겨주었다. 길을 걷다가도 심한 고통에 악 소리를 내며 걸음을 멈추는 순간이 종종 찾아왔다. 무릎이 너무 아파서 이제 남은 평생은 쪼그리고 앉지 못하는 건가 진지하게 고민했다. 압력으로 인한 임신성 이명으로 귀가 잘 들리지 않았고, 출산을 준비하기 위해 온몸의 관절과 근육이 이완된다는 막달에는 역류성 식도염으로 식도가 타는 듯이 고통스러워서 뭘 제대로 먹을 수가 없었다.

점점 밖에 나가는 것이 힘에 부쳤다. 편안히 등을 대고 누울 수도, 누운 채로 몸을 돌릴 수도 없고, 밤에는 수시로 깼다. 모두 처음 겪어보는 일이었다. 그런데 임신과 출산을 겪어본 사람들은 하나같이 입을 모아 말했다. 아이가 배에 있을 때가 편한 거라고.

마침내 얼이를 만났다. 여름이 시작되었고, 살랑이는 얇은 민소매 원피스를 입고 얼이를 낳으러 갔다가, 이틀 후 머리부터 발끝까지 두툼한 옷으로 꽁꽁 싸맨 채 얼이를 품에 안고 집으로 돌아왔다. 그리고 그해 여름은 작은 방 안에서, 오로지 집 안에서 작고 작은 아기와 함께 단둘이 보냈다.

모든 것은 내가 상상한 것 이상이었다. 진통과 출산도 그러했고, 무더운 여름날 산후조리를 하는 것도 그랬다. 아기를 만나는 감격스러움과 별개로 출산은 온몸의 뼈가 벌어지고 살이 찢어지는 경험이었기에 회복하는 데 오랜 시간이 필요했다. 그렇게 긴 시간을 매일같이 집에만 머무는 것도, 아기를 먹이고 씻기고 달래고 재우는 것도 모두 처음 해보는 경험이었다. 기저귀를 가는 법부터 아이를 안는 방법까지 모든 것을 배워야 했다. 시간이 어떻게 지나가는지 몰랐고, 세수는 고사하고 밥 한 끼 제대로 앉아서 먹을 새도 없었다. 밤새 깨지 않고 아침까지 푹 자보는 것은 결코 이룰 수 없는 야무진 소원이었다. 모유 수유를 하는 동안 체중은 한 달도 지나지 않아 원래 몸무게보다 더 줄어들었지만, 몸이 다 망가져 여기저기서 덜그럭 소리가 나는 기분이었다.

마음껏 뛰고, 달리고, 무거운 것을 번쩍 들던 예전의 나는 사라진 듯했다. 시간이 지나면 다시 이전처럼 쪼그려 앉고, 점프하고, 몸을 쭉 펴고 엎드려 책을 읽을 수 있는 건지 알 수가 없어서 궁금하고, 두렵고, 슬퍼졌다. 집 앞 편의점에 잠시 다녀오려고 해도 큰마음을 먹어야 했고, 수유하는 틈틈이 작은 휴대전화를 들여다보며 계절의 흐름과 세상의 변화를 더듬어볼 뿐이었다.

집 밖에 있는 모든 것은 부러움과 그리움의 대상이었다. 남편이 퇴근길에 사다 주는 작은 케이크 한 조각이 내가 쐬는 바람이고, 햇살이었다. 퇴근하고 집에 돌아온 남편은 종종 내 손을 잡고 집 옥상으로 올라가곤 했는데, 여름이어서 해가 늦게 졌고, 바람에서는 여름 냄새가 났다.

이따금 바람결에 눈물이 툭툭 떨어졌다. 임신 기간의 자유로움과 명랑함은 온데간데없었다. 여행은커녕 혼자 마음대로 나가서 돌아다닐 수도 없는 삶은 그동안 상상해본 적이 없었다. 내 삶이 한순간에 너무 바뀌어서 어디부터 뭐가 얼마나 달라졌는지 헤아려볼 수도 없었다. 아, 그래서 다들 아기가 배에 있을 때가 편하다고 했구나.

하지만 그래도 나는 내 안에 있던 얼이가 내 곁에 있는 게 좋았다. 그건 다른 무엇과 바꿀 수도, 다른 무엇에 비할 수도 없는 것이었다. 얼이를 품에 안고 온기를 느낄 수 있어서 따스했고, 작고 보드라운 손을 잡고 있으면 손 안에서 심장이 콩콩 뛰었다. 향긋한 아기 냄새가 내게서도 났고, 눈을 맞추고 있는 것만으로도 배시시 웃음이 흘러나왔다. 이전에는 알지 못했던 감정들을 알게 되었다. 감정은 더 깊은 곳에서부터, 더 사소하게 피어올랐다.

그렇게 우리의 일상은 차곡차곡 얼이로 채워졌다. 결혼 전부터 함께 자주 가던 식당에서 한 사람은 얼이를 안은 채로 둘이 번갈아 밥을 먹던 날도 있었고, 얼이와 똑같은 자세로 나란히 누워 낮잠을 자던 날들도 지나갔다. 기저귀를 가는 사이에 침대에 쉬야를 하고, 밤을 새워 손으로 다지고 끓여서 만든 이유식을 엎고 쏟으면서, 얼이는 고개를 가누고, 뒤집고, 기어 다니기 시작했다. 우리는 함께 동동거리며 얼이를 돌보고, 둘이서 오롯이 얼이를 키우며 더 단단해졌다.

셋이 되어 만나는 세상은 이전보다 다채로운 깊이의 즐거움과 행복이 있었다. 내가 얼이를 안고 있으면 남편이 내게 밥을 먹여주고, 남편이 얼이를 씻기면 내가 곁에서 수건으로 감싸 안았다. 매일매일 날마다 쪽잠을 자야 했지만, 밤에 얼이가 깨서 울면 수유하는 나를 위해 남편이 항상 나보다 먼저 일어나서 얼이를 내 품에 안겨주었다. 하나도 힘들지 않은 날들이 아니라, 서로에게 기대어 힘을 내는 날들이 지나갔다.

그 시절은 진정 여름이었다. 우리 삶의 여름날. 우리 인생에서 자식을 낳아 기르는 시절. 땀 흘려 수고하고, 뜨겁지만 찬란하고 눈이 부신 날들. 모든 것이 선명하고 날마다 자라는 계절.

그러니 여름이었다. 내 생애 가장 반짝이던 여름.

어느 밤, 얼이를 재우고 남편과 둘이 나란히 앉아 소리를 작게 틀어두고 영화 '어바웃 타임'을 보았다. 영화의 남자 주인공에게는 시간 여행을 하는 능력이 있었는데, 그는 그 능력으로 과거를 오가면서 상황과 선택을 바꾸어 더 나은 현재와 미래를 만들곤 했다. 하지만 사랑하는 사람을 만나 결혼을 하고 아이를 낳으면서, 그는 점점 시간 여행을 하지 않게 된다. 현재가 너무 완벽하게 행복해져서 더는 시간 여행이 필요하지 않았기 때문이었다.

"갑자기 시간 여행이 불필요하게 느껴졌다.
인생의 한순간 한순간이 모두 너무나 즐거웠기에."

그 영화를 보며 지금 우리의 삶도 그러하다고 생각했다. 하루하루가 지나가는 게 아깝고 아쉬워서 시간이 좀 더 천천히 흘러가기를 바랐다. 과거의 어느 순간으로도 돌아가고 싶지 않았다. 날마다 매 순간 새롭게, 지금이 너무 좋아서. 평범하고 소박했지만, 아름답고 소중한 날들이었다.

그토록 치열하고 고된 여름을 보내면서도 끝내 지치지 않았던 것은, 내가 언젠가는 이 계절의 기억들을 꺼내어 보며 그 온기로 마음을 데우고 그리워할 것을 알았기 때문이었다. 육아를 하면서, 이런 날들이 빠르게 지나가고 그다지 길지 않으리라는 것은 가장 큰 위로이자 깊은 아쉬움이었다. 그리고 그 사실이 내게 그 시간의 고단함을 지나갈 힘을 주었다.

계절은 쉼 없이 흘러가고, 아이는 멈추지 않고 자라고, 다시금 선선한 바람이 불어오기 시작했다.

가을이 왔다.

비로소 우리는 다시 떠날 준비가 되었다.

Seoul, 2013

Seoul, 2014

어쩌면 집은 건물이 아닌 사람이 아닐까.

그렇게 이국에서도 항상 집에 머문다. 서로의 곁에.

8
떠나면 그리워질 사람과 함께 떠나기

어딘가로 떠나오면 비로소 내 마음에 무엇이 있었는지 알게 될 때가 있다. 연애를 시작하기 전, 기분 좋은 긴장과 적당한 설렘이 뒤섞여 누군가를 향한 내 마음이 호감인지 호기심인지 아직 또렷이 모를 무렵, 여운이 진하게 남은 영화를 보고 나오는 길에 그 사람에게도 보여주고 싶다는 생각이 들었을 때, 아, 그것이 좋아하는 마음인 줄 알았다. 늦은 저녁, 그 사람에게 전화가 걸려와 오늘 아주 맛있는 식당에 왔는데 다음에 꼭 함께 가자고 그가 말했을 때, 그것 역시 좋아하는 마음임을 알았다.

스물한 살, 남편과 친구였던 시절, 처음 만났을 때야 둘 다 같은 학번의 어린 대학생이었지만, 이십 대를 함께 지나오면서 우리는 이내 삶의 거처와 처지가 계속해서 달라지기 시작했다. 늘 붙어 다니면서 영화를 보고, 김밥을 나눠 먹고, 과제를 하고, 함께 지하철을 타면서 같은 시간과 공간을 공유했던 날들은 지나갔다. 남편은 군대로, 나는 회사로, 나는 스위스로, 남편은 영국으로, 우리는 서로 다른 곳에서 다른 것을 보고 느끼며 다른 시간을 보냈다.

언젠가 군대에서 휴가를 나왔던 그가 자신이 좋아하는 곡들을 MP3에 담아와서 내게 들려주었다. 나는 졸업 후 갓 입사해서 사회초년생으로 살고 있었다. 당시에 우리를 묶어주는 거라곤 나눠 낀 이어폰에서 흘러나오던 노래밖에 없었다. 퇴사 후 나는 떠났고, 남편은 제대 후 학생으로 돌아갔다. 홀로 몇 달간 유럽을 여행하며 들렀던 모든 도시에서 나는 남편에게 엽서를 적어 보냈다. 그저 내가 본 것, 들은 것들을 좋아하는 친구에게도 들려주고, 보여주고픈 단순한 마음이었다.

캐나다에서 차로 한참을 달려 처음 나이아가라 폭포를 찾아갔을 때, 고함치는 것 같은 폭포 소리와 거대한 물보라가 솟구

쳐올라 만들어내는 선명한 무지개를 보았다. 아니, 풍경을 보는 게 아니라 그 장면 속으로 빠진 것 같았다. 감동적이었다. 모든 감각을 압도하는 그 장대한 광경을 맞닥뜨리고 처음 들었던 생각은 '와, 엄마 아빠한테 보여주고 싶다!'였다. 맛있는 거 먹을 때 생각나는 마음이 사랑이라더니, 좋은 것을 볼 때 생각나는 마음도 사랑이었다.

사막에서 바라본 까만 밤하늘 위로 흩뿌린 설탕 가루 같던 은하수와 어느 외딴섬 작은 골목에서 만난 졸고 있던 강아지를 보여주고 싶은 것. 시차 없이 함께 있고 싶은 마음. 같은 시간과 같은 공간에 서서, 내가 마주치는 경이롭고 사소한 모든 감동을 함께 나누고 싶은 마음이 사랑이었다.

남편은 작곡을 전공하고, 나는 디자인을 전공했다. 디자인을 하며 내가 음악에서 늘 부러워했던 것은 그 '동시성simultaneity'에 있었다. 곡을 연주할 때면 음악을 만들어내는 사람과 감상하는 사람이 같은 시간 속에서 동시에 느낄 수 있기에……. 나의 사랑은 전시회보다 콘서트이길 바랐다. 내가 바라는 사랑은 음악이었다.

그러니, 사랑하는 사람과 함께 떠나 오늘의 노을이 물드는 풍광을 바라보고, 바다 내음을 맡고, 신선한 음식을 맛보면서, 들려오는 소리 안에 나란히 앉아 그 모든 것에 감탄하는 일은 여행이라기보다 차라리 마음 벅찬 사랑 고백이었다.

머물러 있던 일상에서 벗어나 내 마음을 들여다보았을 때, 잠잠한 마음 밑바닥에 가만히 고여 있는 사람. 그래서 마음 안으로 감동이 콸콸 쏟아져 들어오면 가장 먼저 떠오르는 사람들. 가족과 함께 가는 여행은 그래서 좋다. 떠나면 그리워질 사람과 함께 떠날 수 있어서.

아이와 함께 셋이서 처음 가는 여행이었다. 어디로 가면 좋을까? 오랜만에 떠나는 것이니 가능한 한 멀리 가고 싶었고, 그러면서도 셋 다 가보지 않은 나라였으면 했다. 우리 모두에게 처음인 곳이었으면…….

감성적인 이유를 하나 더 찾았다. 바로 내 동생이었다. 미국에서 일하느라 우리 결혼식 때 잠시 귀국했다 돌아간 뒤로는 몇 년간 보지 못했던 내 동생 단비를 만나기 위해 우리는 미국 서부로 목적지를 정했다.

단비는 로스앤젤레스에 살고 있었지만, 서부 쪽 도시 어디든 상관없다고 했다. 이유는 내가 찾았으니 도시는 남편이 선택했다. 그즈음 자꾸만 마주치던 도시. 티브이를 켜도, 책을 펼쳐도 자꾸만 눈에 띄고, 노래로도 흘러나오던 도시. 우리를 소곤대며 부르던 그곳. 우리는 샌프란시스코에 가기로 했다.

가을에 떠날 샌프란시스코행 항공권을 일찌감치 예약하면서, 이런저런 상상을 해보았다. 본래 여행 전에 느끼는 기분 좋은 두근거림과 설렘은 영화보다 재미있는 예고편처럼 짜릿한 즐거움이기도 하니까. 그 상상 속에는 우리의 손을 잡고 함께 걷는 얼이가 있었다. 그때가 되면 돌도 지나고 15개월 즈음이니 당연히 걷겠지 하는 생각이었다.

그런데 가을이 다가오고 출국일이 가까워올 즈음에도 얼이는 도통 걸을 생각이 없어 보였다. 얼이는 대체로 늦는 편이긴 했다. 목을 가누는 것도, 허리를 세우고 앉는 것도, 뒤집고 기는 것도, 잡고 일어서는 것도 모두 느지막이 시작했고, 첫 이도 무려 돌이 지나고서야 났다. 원래의 나는 성격이 급한 편이지만, 얼이에 관해서는 다행히 느긋한 마음이라 별다른 걱정은 하지 않았다. 그저 얼이에게는 얼이만의 가장 좋은 때가 있겠지, 얼이는 얼이의 속도로 가면 되는 거겠지 하고 믿으며 기다렸다. 하

Incheon

지만 모름지기 여행이란 함께 손을 잡고 자기 발로 걷는 것이 그 시작인데, 조금 아쉽기는 했다.

여행 3일 전, 얼이와 함께 친정집에 놀러 갔을 때였다. 거실에 앉아 있는데, 뭐가 내 눈앞을 스윽 지나갔다. 무심코 돌아봤더니, 얼이가 아무렇지도 않게 거실을 가로질러 자박자박 걸어가고 있었다. 농담처럼, 우리가 안 볼 때는 걸어 다니다가 우리가 쳐다보면 아직 못 걷는 척 기어 다니는 거 아니냐고 했었는데, 진짜였던 걸까? 그것이 '내 눈으로 본' 얼이의 첫걸음마였다. 그리고 3일 뒤 공항에 가면서 얼이는 신발을 신고 처음으로 바깥을 걸었다. 마침내 우리는 동등한 동반자이자 친구로, 진정 '함께' 여행을 떠났다.

몇 년 만에 동생을 만나러 가는 길이니 선물을 바리바리 챙겼다. 단비는 로스앤젤레스에 살고 있으니 한인 타운에 마트도 있고 근처에 한국 식당도 많다. 거기에선 한국 제품을 전부는 아니어도 거의 실시간으로 구할 수 있다. 하지만 사랑만큼 비효율적인 것이 또 있을까. 비효율적이고 미련한 것만큼 진심을 전해주는 것도 없다.

몇천 원짜리 물건을 멀리 있는 연인에게 선물하기 위해 몇만 원짜리 국제택배로 보내는 것. 사 먹어도 되는데 기어이 꾹꾹 눌러 담아 국물이 배어 나오는 엄마의 김치통 같은 것. 아이가 가지고 놀던 커다랗고 다 망가진 장난감 하나도 버리지 못해서 망설이는 것. 가격표도 영수증도 없이 부치는 마음이 사랑이었다. 아무리 계산해보아도 손해인데, 도무지 가난해지지 않는다.

나는 단비가 좋아하던 과자며 함께 먹고 싶었던 소소한 군것질거리, 나도 아직 써보지 않은 새로 나온 물건들, 패션업계에서 일하는 단비를 위한 온갖 무거운 잡지와 두툼한 책, 그리고 단비에게 잘 어울릴 것 같은 옷을 준비했다. 여행을 준비하는 모든 날 동안 갈 수 있는 모든 곳에 달려갔고, 짐보다 많은 선물을 꾸렸다. 그리고 그 거대한 선물을 모두 가지고 비행기에 올랐다.

샌프란시스코에 도착한 뒤 드디어 단비를 만났다. 로스앤젤레스에서 날아온 단비는 자기 몸의 절반쯤 되는 짐가방을 끌고 나타났다. 그리고 그 커다란 짐가방을 가득 채운 것도 모두 선물이었다. 형부가 좋아하는 작가의 책부터 얼이의 옷과 장난감까지, 우리를 위한 선물을 끝없이 꺼내놓았다. 터질 듯한 가방을 꾹꾹 눌러 담아 짐을 꾸리면서, 도착하면 이내 비워질 테니 돌아올 때는 가볍겠지 생각했다. 하지만 사랑이 가벼울 리 없다. 우리는 만나자마자 서로의 선물로 다시 가방을 가득 채우고 여행을 시작했다.

몇 년 만에 만난 내 동생. 그동안 나는 결혼을 했고, 임신을 하고, 얼이를 낳고, 1년이 넘게 얼이를 기르며 내 삶에서 가장 큰 변화가 있는 시간을 보냈다. 그동안 나는 얼마나 달라졌을까. 결혼하기 전의, 얼이를 낳기 전의 나는 어떤 사람이었는지, 어떤 생각을 하고 어떤 일상을 보냈는지, 이제는 생각도 잘 나지 않는다.

단비는 또 어땠을까. 짧은 여행으로 일생이 달라지기도 하는데, 먼 타국에서 홀로 몇 년을 보냈으니 한 사람의 생각과 삶을 바꾸기에 얼마나 충분한 시간과 거리인지……. 우리에겐 많은 일이 있었고, 바다를 두고 멀리 떨어져 있는 동안 시간은 우리 사이에서도 어김없이 흘러갔으니까.

흔히들 이런 말을 한다. '오랜만에 만났는데도 마치 어제 만난 것 같다.' 그런데 단비는 정말, 어제 본 게 아니라 늘 함께 있

San Francisco, USA

었던 것 같았다. 우리가 먼저 도착해 있던 숙소의 현관문을 단비가 열고 들어오는데, 아침에 나간 동생을 저녁에 다시 보는 듯한 기분이었다. 알아차리지 못하는 동안 시간은 성큼성큼 흘러 우리 사이에도 세월이 담처럼 단단하게 쌓였는데, 우리는 손을 잡고 훌쩍 뛰어올라 그 담에 걸터앉아 그간의 일들을 풍경 삼아 이야기를 나누었다. 아마도 그런 게 가족이겠지.

얼이를 임신했을 때부터 가장 기뻐하고 살뜰히 챙긴 것은 단비였다. 멀리서도 계절이 바뀔 때마다 얼이 옷이며 신발까지, 나보다 더 세심하고 든든하게 챙겨서 꼬박꼬박 보내오곤 했다. 그 마음을 아는지, 태어나 처음 만난 이모를 얼이도 정말 좋아하며 그렇게 잘 따를 수가 없었다.

직장생활을 하고 있는 단비는 샌프란시스코에서 주말을 우리와 함께 보낸 뒤 로스앤젤레스로 돌아갔다. 나는 헤어지면서 단비에게 건네준 편지에 이렇게 썼다.

'언제나 우리가 있는 곳이 네 집이야.'

집을 떠나봐야 집의 소중함을 안다고 한다.

어쩌면 집은 건물이 아닌 사람이 아닐까.

그래서 우리는 늘 집과 함께 여행을 떠난다.

그렇게 이국에서도 항상 집에 머문다.

서로의 곁에.

San Francisco, USA

Los Angeles, USA

단비는 로스앤젤레스가 지루하고 별로 볼 게 없다고 했다.

거짓말.

눈길 닿는 곳마다 이렇게나 아름다운데.

처음엔 눈부시던 것들도 익숙해지면 빛을 잃게 마련이다.

그래서 우리는 낯섦을 찾아 여행을 떠난다.

다시 일상으로 돌아와 설레기 위해.

나는 샌프란시스코의 보도블록에 반했다.
그 단단하고 평탄하고 사려 깊은 면에 마음이 녹았다.

8

부모와 아이가 함께

다른 사람을 대하는 모습을 보면 그 사람의 진짜 내면이 드러난다. 도시도 그렇다. 마음을 끄는 사람처럼, 도시도 생각지 못한 순간 우리를 끌어당긴다. 샌프란시스코를 여행할 때 이 도시의 진짜 매력도 우리가 미처 눈치채지 못할 만큼 아주 작은 부분에서 드러났다. 우리의 발끝과 길모퉁이에서.

나는 서울 시내를 다닐 때 대부분 대중교통을 이용한다. 남편이 출퇴근할 때 차를 사용해서 내가 쓸 수 없을 때가 많기도 했고, 서울 시내는 차도 막히고 주차가 복잡할 때가 많으니 출산

전에는 대중교통을 이용하는 게 아무래도 쉽고 빨랐다. 얼이가 태어난 후에도 육아와 일을 지속했던 나는 자연스레 얼이와 함께 그전처럼 버스와 지하철을 이용하기 시작했다. 그리고 비로소 아이를 동반하는 사람이 왜 교통약자로 구분되는지 절실히 깨달았다.

버스를 타려면 일단 유모차는 힘들었다. 정류장에 서서 아이를 내리고 유모차를 접어야 하니 아이가 혼자 서기 전에는 아예 불가능했고, 유모차 탑승이 가능한 저상버스는 자주 다니지 않았다. 어찌어찌해서 유모차를 접어 버스에 탄다고 해도 흔들리고 비좁은 버스에서 아이를 안고 유모차를 들고 이동하는 것은 몇 번 시도해본 후에는 아예 엄두도 내지 않게 되었다. 결국 버스를 타야 할 때는 아기띠를 사용해 얼이를 품에 안고 다녔지만, 아기띠로 외출하게 되면 아이를 마땅히 내려놓을 곳이 없으니 내내 묵직한 아기의 무게를 어깨와 허리로 버텨야 했다. 혼자 외출해서는 화장실 가는 것조차 도전이고, 가방 하나 드는 것도 고역이었다. 더구나 얼이는 쑥쑥 자라서 일찌감치 10킬로를 훌쩍 넘겨 아기띠를 오래 할 수도 없었다.

유모차로 버스에 타는 건 너무 고된 일이니, 이번에는 지하철을 택했다. 그런데 지하철은 계단이 장벽이었다. 그전에는 그렇게 곳곳에 계단이 많은지도 몰랐고, 불편하다는 생각은 아예 해보지도 않았다. 그런데 이제는 작은 턱 앞에서도 심호흡을 했다. 엘리베이터가 있는 지하철 입구를 찾아서 횡단보도를 건너고 먼 길을 돌아 걸었다. 그래도 엘리베이터가 있으면 다행이었다. 갈아탈 때는 엘리베이터가 있는지 미리 알아봐야 했다. 무작정 갔다가는 시간이 곱절로 걸리거나 아예 목적지에 가지 못하는 상황이 생길 수도 있으니 기억을 더듬고, 검색을 했다.

그 후로는 웬만한 계단은 그냥 가방을 들쳐 메고, 아이는 한쪽 팔에 안고, 혹은 아이 손을 잡고, 다른 손으로는 유모차를 들고 계단을 걸어서 오르내렸다. 이렇게 계단을 걸어서 지하철을 타거나 아기띠로 아이를 품에 안고 버스에 올라 균형을 잡으며 목적지까지 가는 것은 때로 악몽이거나 극기훈련에 가까웠고, 어딜 가든 땀으로 범벅이 되어 도착했다. 그러다 누군가 휙 지나가면서, 혹은 맞은편에 앉아 들릴 만한 목소리로 "유모차를 가지고 뭐 여기까지 나왔어." 하고 말하는 것을 들었다. 분하고 서글펐다. 버스와 지하철을 타고 거리를 걷는 게 이토록 몸과 마음이 피로하고 서러운 일이라니. 그동안 알지 못했던 것들을

San Francisco, USA

자연스레 알게 되었다.

누군가는 계단 앞에서 절박함을 느낄 수도 있다는 것을, 어딘가엔 보도블록을 넘을 수 없어 돌아서는 사람들이 또 있겠구나 싶어 마음이 쓰고 쓸쓸해졌다.

샌프란시스코에서 우리는 대중교통으로만 이동했다. 공항에서 시내로 들어오고 나갈 때를 포함해서 도시 안을 오갈 때 지하철과 버스, 케이블카와 페리를 탔고, 대부분은 유모차와 함께 걸었다. 작은 유모차로 도시 구석구석을 얼이와 함께 다녔지만, 조금도 불편하지 않았다. 그래서 인상적이었다.

보도블록에서 보도블록으로 옮겨갈 때, 횡단보도를 건널 때는 한 군데도 빠짐없이 완만한 경사가 설치되어 있어서 유모차가 한 번도 부딪치거나 걸리지 않았다. 지하철이나 건물 안에도 계단이 있는 곳에는 반드시 한편에 경사로나 엘리베이터가 있었다. 번번이 긴장하거나 마음을 졸이거나 고민을 하지 않아도 괜찮았다.

샌프란시스코에서 처음 버스를 타던 날, 갑자기 도착한 버스에 나는 부랴부랴 얼이를 안아 올리고, 남편은 서둘러 유모차를 접느라 둘이서 우왕좌왕하고 있을 때였다. 누군가 우리에게 서두를 필요 없으니 천천히 하라고 말했다. 돌아보니 모두 편안하고 느긋한 표정이었다. 그러고 보니 급한 건 우리뿐이었다. 모두가 아주 당연하고도 자연스럽게 기다려주었다. 버스에 탈 때는 대부분 아이를 유모차에 태운 채로 탔고, 간혹 버스 내부에 사람이 많거나 비좁아서 유모차를 접어야 할 때는 멈춰 있는 버스 앞에서 유모차를 접은 뒤 버스에 올랐다. 누구도 재촉하거나 아무도 서두르지 않았다. 버스에 올라타 자리에 앉으니 옆자리의 다른 손님들이 빙그레 웃으며 얼이에게 인사를 건넸다.

거리의 보도블록이, 그 길을 걷는 사람들이, 기꺼이 즐겁게 아이와 가족을 배려해주었고, 우리는 마음 놓고 편안히 거리를 함께 걸었다. 언제나처럼 감동은 아주 작고 사소한 것에 스며 있다. 내가 이 도시에 반한 것은 거대하고 아름다운 금문교나 세련되고 멋스러운 건물들, 혹은 유려하게 길을 오르내리는 케이블카가 아니었다. 나는 샌프란시스코의 보도블록에 반했다. 그 단단하고 평탄하고 사려 깊은 면에 마음이 녹았다.

부모가 되면 의도치 않고 설령 원하지 않더라도 누군가에게 미안하고 또 고마운 일이 얼마나 많아지는지……. 샌프란시스코에서의 어느 아침, 식사를 하기 위해 호텔 근처의 작은 식당을 찾았다. 동네에서 알려진 맛집이라고 하더니, 이른 오전 시간인데도 사람이 많았다. 커다랗고 긴 테이블에 여러 사람이 섞여 앉았고, 그 틈에 어울려 우리도 한편에 자리를 잡았다. 식당은 북적이는 손님들과 밀려드는 주문으로 분주해 보였다.

주문을 마치고 음식이 나오기를 한참 기다리고 있는데, 웨이트리스가 다가와서는 내 옆에 앉아 있던 노부부에게 먼저 커트러리를 놓아주고 갔다. 그런데 얼이가 그걸 보고는 포크를 향해서 손을 뻗었다. 그러자 노부인께서 바로 커트러리를 집어서 먼저 사용하라며 우리 테이블로 건네주셨다. 당황한 나는 한사코 괜찮다며 사양했다. 그때 그 부인께서 웃으며 말씀하셨다.

"나도 할머니예요."

그 순간 나는 완벽히 이해받았음을 알았다.

온기가 밀려왔다. 이토록 놀라운 공감대가 있을까. 나도 할머니예요. 나도 엄마예요. 나도 아빠예요. 내게도 아이가 있어요.

아이들에게는 도움과 인내가 필요하다는 것을 부모들은 알고 있다. 이것이 자라는 과정이라는 것도. 나는 커트러리를 받아 들었고, 얼이는 스푼과 포크를 양손에 들고 즐거워했다. 누군가의 엄마, 누군가의 할머니가 보여주신 그 작은 웃음과 호의는 두고두고 내 마음에 남아 위로가 되었다.

엄마가 되고 난 후 나의 세계에는 사람들이 많아졌다. 이전의 나는 식당에서도 지하철에서도 길을 걷다가도 이렇게 많은 아이가 있는지 알지 못했다. 그러나 요즘의 나는 어디에 가든 아이들을 발견한다. 내 바로 옆에, 신문 속에, 눈길 닿는 곳에 아이들이 있고, 그 부모와 가족이 있다. 그렇게 나의 세상에는 사람들이 많아졌다.

아이를 갖게 되고 나는 더 깊고 진한 감정들을 알게 되었다. 부모가 되기 전의 나는, 감히 말하건대 한 영혼이 어째서 천하보다 더 귀한지 그 진짜 의미를 결코 알지 못했다. 나이가 들면서 마음의 여백은 줄어들고, 여간해서는 잘 울지 않는 팍팍한 어른이 되었지만, 아이를 낳고 지금은 더 잘 웃고, 더 잘 운다. 아이였을 때처럼. 아이에 관한 이야기라면 스치기만 해도 눈물이 난다. 나와 관계가 있든 없든 아무 상관없이, 내 의지와도 관계없이. 세상 수많은 아이와 부모들의 피어오르는 기쁨과 타는 듯한 아픔이 내 것이 되었다.

San Francisco, USA

이 무렵의 얼이는 사람을 얼마나 좋아하는지, 마주치는 모든 사람에게 손짓을 하고 반갑게 알은체를 해서 이러다 낯선 사람이라도 따라갈까 봐 내심 걱정할 정도였다. 그런데 샌프란시스코에서는 만나는 사람마다 얼이를 반갑게 맞아주고, 길에서 지나치면서도 아이에게 인사를 건네고, 트램이나 버스 옆자리에 앉아서 함께 장난쳐주고 하니, 얼이가 정말 행복해했다. 마주하는 얼굴마다 웃어주니 이 도시가 얼이에게는 얼마나 따스했을까. 이런 도시에서 살게 된다면 아이들이 절로 밝고 마음이 넉넉한 사람으로 자랄 것만 같았다.

그렇게 사람들에게 스스럼없이 먼저 다가가서 톡톡 두드리며 웃고 장난치면서, 얼이는 가는 곳마다 친구들을 만들었다. 캘리포니아의 햇살이 얼굴에도 어깨에도 바닥에도 내려앉았다. 샌프란시스코는 우리가 생각했던 것보다 훨씬 더 열려 있고 유쾌하고 따뜻하고 친절한 도시였는데, 그것은 아무래도 우리가 아이와 함께해서 더 그랬던 것 같다.

그렇게 여행에서 돌아온 뒤 얼마 되지 않았던 주말, 셋이서 함께 지하철을 타고 외출을 했다. 여행의 여운이 진하게 남아 있을 때라 샌프란시스코에서 좋았던 것들을 돌아보면서 나는 남편에게 얼이가 사람들을 보고 방글방글 웃을 때마다 지나가는 사람들이 함께 마주 웃으며 얼이를 대해주어서 그게 너무 고마웠다는 이야기를 하고 있었다. 잠시 후 엘리베이터를 타기 위해 기다리고 있는 우리 곁에 다른 유모차가 한 대 더 와서 섰다. 남편이 유모차에 타고 있는 아기에게 웃으면서 인사를 건넸다. 그러곤 나중에 내게 조용히 속삭였다. 얼이가 살게 되었으면 하는 세상을 여기서 우리가 먼저 만들어보면 좋겠다고.

남편도 나도 지극히 현실적인 사람들이다. 적당히 무심하고 때로는 냉소적인. 하지만 변화는 어쩌면 웃음과 인사와 같은 여리고 가벼운 것에서부터 시작되는 것이 아닐까 하는 생각이 든다.

무시와 무지를 미소로 돌려주고, 아주 작고 부드러운 용기를 내어 먼저 인사를 건네는 것. 그런 조그만 날갯짓이 쌓여 우리 아이들은 조금 더 따뜻한 바람이 부는 사회에서 자랄 수 있었으면 하고 바라본다.

Helsinki, Finland

여행을 마치고 돌아와 얼마쯤 지났을까. 보행권에 관한 기사를 보았다. 걸어 다닐 권리라니. 세상에는 걸어 다닐 자유가 필요한 사람들도 우리와 함께 살고 있다. 다른 세상에 살고 있는 것이 아니다. 우리는 같은 횡단보도를 건너고, 지하철을 타고, 함께 거리를 걷는다.
사실 이 거대한 문제를 단번에 해결할 아주 간단한 방법이 있다. 그것은 '다니지 않는 것'이다. 그러면 이러한 신체적, 심리적 불편과 고통을 감수하지 않아도 된다. 하지만 우리는 다른 쪽을 택했다. 함께 다니는 쪽을.

평생을 함께할 누군가를 만나 일상을 겹쳐가는 결혼이 그렇듯, 아이와 함께하는 삶도 자연스레 크고 작은 것을 양보하고 배려하며 맞춰가게 된다. 그래도 나는 부부가 기존의 일상을 무너뜨리며 무조건 포기하기보다는 우리의 삶에 얼이가 와서 '함께'이면 좋겠다고 생각했다.
그래서 우리는 그전에 했던 모든 것을 얼이와 같이 하기 시작했다. 일할 때도 놀 때도 쉴 때도. 어디를 가고 무엇을 하든 함께했다. 예전처럼 도서관에 가서 책을 빌리고, 카페에 가서 커피를 마시며 책을 읽었다. 미술관에 가서 전시를 보고, 포장마차에서 우동을 먹었다. 여행도 떠났다. 이제는 둘이 아니라 셋이서. 누군가의 손을 빌리지 않고, 어딘가에 잠시 맡기지 않고, 부부가 오롯이 감당하는 육아는 그런 것이었다.

누군가의 희생 위에 세워지는 삶과 사회는 단단할 수 없다. 우리 안의 작고 연약한 사람들에게도 내어줄 공간과 여유가 있는 것이, 사람들이 일상을 그저 평범하게 살아가기 위해 너무 애쓰지 않아도 되는 것이 진정 건강하고 당연한 사회라 믿고 싶다.

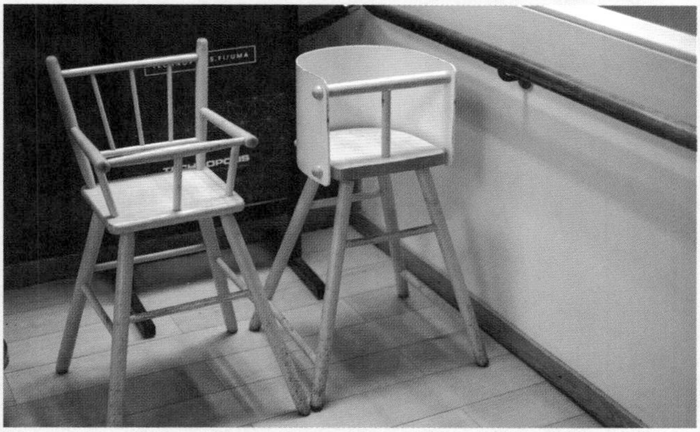

Helsinki, Finland

함께 있기 위해서 겪는 그 치열한 간절함이
결국은 우리를 행복으로 이끌어가는 것이 아닐까.

8

행복을 찾아서

우리 셋이 사랑에 빠졌던 도시에서의 마지막 밤이었다. 시간은 이 도시에서 부는 바람처럼 빠르게 지나갔고, 내일은 샌프란시스코를 떠나 다시 집으로 돌아가야 했다. 그래서 우리는 마지막까지 최선을 다해 아름다운 시간을 채워 넣었다. 해가 지고 도시가 어둠 속으로 스며들자, 호텔 39층에 있는 루프탑 바에 갔다. 세계에서 전망이 가장 아름다운 레스토랑으로 꼽혔던 곳이라며 남편이 데리고 간 그곳은 영화 속으로 걸어 들어간 듯한 분위기였다. 음악과 대화 소리가 기분 좋게 어우러졌고, 눈앞에도 등 뒤에도 온통 반짝이는 밤의 샌프란시스코가 펼쳐졌다. 이

San Francisco, USA

곳에서의 날들은 꿈 같고, 눈앞의 풍경은 별 같았다.

다음 날 아침은 우리가 머물렀던 숙소에서 몇 블록 떨어진 팰리스 호텔로 가서 조식을 먹었다. 1800년대에 지어졌다는 이 유서 깊은 호텔의 가든코트는 탁 트인 높은 천장으로 이루어진 공간에 고요한 빛이 가득 채워져 있었다. 감탄을 넘어 감동을 자아내는 그곳에서 우리는 이 도시에서의 마지막 식사를 즐겼다.

호텔에서 나온 우리는 짐을 가지고 공항으로 향했다. 사실 여기부터는 모든 기억이 또렷하지가 않다. 도대체 그날 우리에게 무슨 일이 일어난 건지, 우리 둘의 시계에 동시에 무슨 일이라도 생겼던 건지…….

남편은 늘 시간을 꼼꼼히 챙기는 편이고, 그날도 평소 여행 다닐 때와 다름없이 공항에 도착했다. 시간이 촉박했다거나 늦어서 서둘렀던 기억도 없다. 그런데 열려 있어야 할 항공사 데스크가 모두 닫혀 있었다. 그때까지만 해도 그게 어떤 상황인지 몰랐고, 조금 당황스럽긴 했지만 무슨 착오가 있으려니 했다. 그런데 아무리 기다려도 열리지 않아 공항 안내 센터에 가서 물어보니, 우리가 타려는 항공사는 이미 모든 수속을 끝내고 전부

안으로 들어갔다고 했다.

세상에, 맙소사. 지금 우리가 무슨 얘기를 들은 거지? 탑승 수속이 끝났다니. 말도 안 돼!

머리가 쭈뼛 서면서 정신이 번쩍 들었다. 상황이 파악되자 그때부터는 이리 뛰고 저리 뛰기 시작했다. 이대로 비행기를 놓친다면 벌어지는 모든 경우의 수가 머릿속으로 일순간에 쏟아져 들어왔다. 어느 외딴 시골에서 막차를 놓친 연인들이라면 이 상황이 재미있고 로맨틱한 에피소드가 될 수도 있겠지만, 우리는 어린 아기가 있는 가족이었고 근면하게 일상을 지속해야만 여행을 떠나올 수 있는 지극히 평범한 사람들이었다.

남편은 내일 당장 회사에 출근해야 했고, 내게도 돌아가서 처리해야 할 일들이 산적해 있었다. 무엇보다 우리에겐 아직 이유식을 먹는 어린 얼이가 있었다. 무조건 돌아가야 했다. 다른 방법은 생각할 수도 없었다. 우리는 공항 직원들에게 다급하게 도움을 청하고, 한국과 미국의 항공사 사무실에 전화를 하기 시작했다. 눈앞이 아찔하고 애가 달았다. 등이 서늘한데도 땀이 솟았다. 바짝 마른 입에서 두두두두 쏟아져 나온 단어들이 사방에 부딪혀 콩처럼 이리저리 튀었다.

공항에서는 해줄 수 있는 일이 없다고 하고, 한국은 시차 때문에 연결이 되지 않고, 미국의 사무실에서는 다른 방법이 없다고 했다. 순식간에 몰아닥친 절망감으로 남편의 얼굴이 어두워졌다.

바로 앞 유리벽 너머에 출국장이 보였다. 우리에게는 여권도 티켓도 있었고, 아직 시간도 있고, 우리가 타야 할 비행기도 그 건너에 있었지만, 들어갈 방법은 없었다. 그렇게 출국장 바로 앞에서 발을 동동거리는 동안에도 시간은 차곡차곡 흘러갔고, 비행기는 결국 그대로 떠났다.

우리는 그렇게 집으로 돌아가는 비행기를 놓쳤다. 황망한 우리 셋은 공항에 남겨졌다. 다른 나라였다면 당장 다른 항공권을 사거나 배편이라도 구해서 돌아갔을 것이다. 그러나 우리는 태평양 건너에 있었다. 우리를 내일까지 집으로 데려다줄 방법은 아무것도 없었다. 이미 공항에서 몇 시간을 보냈고, 한국으로 돌아가는 비행기는 하루에 한 대뿐이니 이제는 당장 대책을 세워야 했다. 다른 대안이 없었던 우리는 결국 맞물려 있던 주말까지 샌프란시스코에서 보내고 돌아가기로 했다. 그리고 아침이 된 한국의 항공사 사무실에 수차례 전화를 한 끝에, 돌아가는 티켓을 3일 후로 변경했다.

남편은 얼굴이 굳은 채 무거운 마음으로 회사에 연락을 했다. 얼이를 출산할 때, 진통이 시작된 나를 병원에 홀로 두고 회사에 가야 했던 남편이었다. 출산한 다음 날에도 나와 갓 태어난 얼이에게 한없이 미안해하며 남편은 출근을 했다. 그런 회사에 여행지에서 비행기를 놓쳐 내일 아침 출근할 수 없을 예정이라는 연락을 했으니…….

이날 우리 셋 중 가장 침착했던 것은 얼이였다. 공항에서 머무는 내내 경황없고 부산스러웠던 엄마, 아빠 사이에서 유모차에 앉아 기다리는 얼이를 보고 우리를 도와주었던 공항 안내 센터의 직원들은 "굿 보이"라며 칭찬을 아끼지 않았다. 우리가 여기저기 전화하며 항공권을 변경하고 호텔을 찾는 동안 얼이는 공항 구석에서 신나게 뛰어놀다가 유모차에서 조용히 잠이 들었다. 고맙고 미안한 감정이 뒤엉켜 마음이 시큰해졌다.

문득 허기가 져서 조식 외에는 종일 아무것도 먹지 못했다는 걸 뒤늦게 깨닫고, 일단 끼니를 해결할 겸 공항 한쪽의 작은 카페에 들어갔다. 얼이와 비슷한 또래 아이가 있던 옆 테이블의 독일인 가족과 잠시 이야기를 나눴는데, 행운을 빈다며 아이 간

San Francisco, USA

식이었던 바나나와 이유식을 우리에게 나누어주고 갔다. 생각지 못했던 그림자가 우리 삶에 드리워지는 순간이 있어도, 우리가 발견하기만 한다면 어디에나 은혜가 있고, 언제든 감사할 이유가 곳곳에서 빛을 낸다. 마침내 우리는 다시 샌프란시스코 시내로 돌아왔다.

밤이 되었다. 새로운 여행의 시작이었다.

샌프란시스코에서의 두 번째 숙소는 처음 지냈던 곳과는 완전히 다른 곳이었다. 첫 번째 숙소로 빌렸던 아파트는 널찍하고 쾌적한 공간에 거실 전면 창으로 시내가 시원하게 내려다보였다. 1층 로비에는 잘 차려입은 도어맨이 서 있고, 윤이 나는 바닥에 경쾌한 소리가 나는 엘리베이터가 있었다. 그런데 이 호텔은 좁고 어두운 입구를 간신히 찾아서 들어서니 통로 안쪽 깊숙한 곳에 미국 영화에서 많이 보던 작은 리셉션이 있었다. 거기에는 영화에서처럼 말수 적은 할아버지 한 분이 창 너머에 앉아 계셨다. 백 년이 넘은 호텔이라고 했다. 그 호텔의 2층 구석 작은 방이 우리의 새로운 집이었다.

모든 것이 정말 백 년은 족히 된 듯 보였다. 방은 작았고, 침대와 오래되고 단단해 보이는 나무 책상 위에 둥그런 브라운관 티브이가 하나 놓여 있었다. 화려한 무늬의 낡은 카펫과 꽃무늬 시트가 깔린 침대가 놓인 방에 간신히 짐을 풀고, 남은 돈을 털어 호텔 맞은편에 있는 햄버거집에서 늦은 저녁을 먹었다. 넓고 창백한 매장은 거의 텅 빈 채로 바닥에는 쓰레기가 어지럽게 떨어져 있었다. 호텔로 돌아온 우리는 작은 세면대에서 복닥대며 씻고, 침대에 셋이 나란히 누워 이불 하나를 나누어 덮고 꼭 붙어서 잠이 들었다.

어안이 벙벙했다. 바로 전날 밤, 야경이 한눈에 보이는 호텔 꼭대기 층에서 칵테일을 마시고, 아침에는 우아하고 고풍스러운 공간에서 근사한 아침 식사를 하고 있었는데……. 그런데 지금은 채 하루도 지나지 않아 생각지도 못했던 곳에서 잠을 청하고 있었다. 다시 여기 샌프란시스코에서.

그렇게 자고 일어난 다음 날 아침, 우리에게 느닷없이 주어진 새로운 하루를 시작하려는데 남편이 내게 말했다. 영화 '행복을 찾아서'가 생각난다고. '행복을 찾아서'는 샌프란시스코에 오기 전, 이 도시를 배경으로 하는 영화를 찾다가 보게 된 영화였다. 윌 스미스와 그의 아들인 제이든 스미스가 아버지와 아들 역을

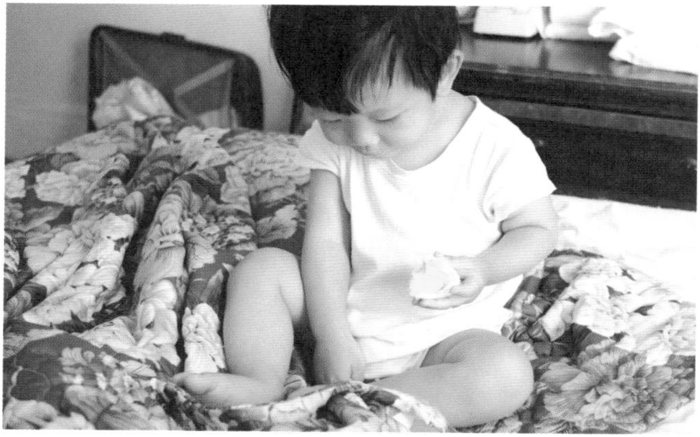

San Francisco, USA

맡아 샌프란시스코에서 사는 한 가족의 모습을 보여주는 이 영화는 제목과 달리 이야기가 진행될수록 행복과는 점점 멀어지는 것으로 보인다. 주인공인 크리스가 집을 잃고 어린 아들을 데리고 도시 곳곳을 전전하며 밤을 지새우는 장면은, 부모가 되고 나니 그 절박함을 조금이나마 헤아릴 수 있을 것 같아 보는 것만으로도 마음이 먹먹하고 아프게 와닿았다.

그렇게 그 영화를 보면서 우리가 함께 있기 때문에, 또 함께 있기 위해서 겪는 그 치열한 간절함이 결국은 우리를 행복으로 이끌어가는 것이 아닐까 생각했다. 그런데 남편이 그 영화 이야기를 한 것이다. 상황은 거짓말처럼 달라졌지만 감사와 기쁨은 더 커졌다면서, 바로 지금 여기 우리가 있는 곳이 행복이 아니겠냐고 말이다.

정말 그랬다. 우리는 작은 바나나에 감격하고, 서로의 입에 음식을 넣어주고, 힘주어 손을 잡고, 짐을 나눠 들고, 함께 얼이를 씻기고, 꽃무늬 이불을 덮고 깔깔대며 웃었다. 그러곤 서로를 끌어안고 잠이 들었다. 작은 침대와 하나뿐인 이불이 서로의 온기로 우리를 이끌어주었다.

그렇게 아침에 눈을 떠보니 아무것도 하지 않아도 좋을, 무엇을 해도 괜찮을, 온전히 비어 있는 하루가 우리 앞에 놓여 있었다. 아무것도 부족하지 않았다. 우리는 이토록 아름다운 도시에서 3일을 더 머무르게 되었다. 선물로 주어진 모든 순간을 기꺼이 더 사랑하며 보내다 가기로 했다.

다만 가지고 있던 현금은 마지막 날 가족들의 선물을 사며 거의 다 사용했기에 남아 있는 돈이 거의 없었다. 다행히 체크카드가 있어서 얼마간의 돈을 출금할 수 있었지만 갑작스러운 일정이니 넉넉하지 않았고, 아껴 써야 했다. 우리는 셋이서 더 많이 걸어 다녔고, 저렴하고 양이 많은 식당을 찾다가 차이나타운에서 지금까지 먹어본 것을 통틀어 가장 맛있는 중국 음식을 파는 식당을 발견했다. 맛있는 저녁을 배부르게 먹고 나오는 길에는 남편이 가고 싶어 했던 오래된 서점도 우연히 마주쳤다. 얼이는 이유식을 마치고 자연스레 우리와 함께 식사를 시작했고, 바닷가에 다시 가서 바다사자를 보고, 공원에서 산책했다. 샌드위치를 나누어 먹어도 즐겁고, 걸어 다니는 것도 재미있었다. 우리는 다시 만난 이 도시를 더 천천히 거닐며 찬찬히 보고, 더 많이 웃었다.

그 작고 오래된 호텔에서 머물렀던 3일간, 우리는 매일 방을 옮겼다. 세면대만 있는 작은 방을 쓰다가 화장실이 있는 방으로 옮기니, 처음엔 그저 낡고 좁다고 생각했던 방이 어찌나 널찍하고 좋던지……. 이 여행은 여러모로 우리에게 깊은 깨달음과 소중한 것들을 일러주었다.

샌프란시스코에서 보낸 날들은 내 삶의 가을이었다. 지난하고 고단했던 무더운 여름을 치열하고 끈기 있게 보낸 우리 셋에게 주는 무르익은 열매였다. 우리의 수고를 심어 쏟아지는 햇살과 내리는 비를 머금고 자란 선물을 거두고 추수하는 계절이었다.

영화 '행복을 찾아서'에서 행복한 순간은 아주 짧게 지나간다. 진정 행복이 그저 삶의 짧은 순간이라면, 행복했던 짧은 여행 후에 우리에게 남은 것은 조금 더 견고해진 감사와 사랑이리라.

COGSWELL
GIRLS

San Francisco, USA

경험과 지혜를 소유하는 데에서 더 깊은 만족을 얻고,
진리와 내면을 사랑하는 것에 기쁨을 누리는 사람이 되었으면.

8

사랑해 얼만큼

“내 이름은 이름입니다.”

동부 아프리카에 갔을 때, 내 이름 지나Jina가 스와힐리어로 ‘이름’이라는 뜻임을 처음 알았다. 얼마나 신기하던지……. 그래서 탄자니아와 케냐에서 내 이름을 소개할 때는 늘 웃음이 터져 나왔다. “내 이름은 이름입니다.” 하고 인사를 했으니, 얼마나 엉뚱하고 우스웠을까.

그래서 좋았다. 만나는 사람들마다 내 이름은 잊지 않고 잘 기억해주었으니까.

나는 영어 이름도 따로 없고, 온라인이나 SNS에서도 아이디

San Francisco, USA

나 닉네임 대신 그냥 내 이름을 쓴다. 누구에게나 같은 이름으로 불리고 싶다. 어느 나라에 가고, 누구를 만나도 내 이름 하나로 불리는 게 나는 좋았다.

반면 남편은 이름에 받침이 많고 발음이 어려워서(현철), 영국으로 어학연수를 갔을 때 영어 이름부터 만들었다고 했다.

우리에게 아이가 찾아온 것을 알았을 때, 우리도 여느 부모들처럼 아이 이름을 두고 한동안 고민했다. 이름은 부모가 아이에게 주는 첫 선물이니까. 평생을 간직하는 선물.

그래서 우리는 얼이에게 열방을 두루 다닐 수 있는 이름을 지어주고 싶었다. 그러면서도 아주 한국적인 이름을. 그렇게 해서 짓게 된 이름이 '얼'이었다.

얼, 영어로는 Earl.

원어로는 nobleman, warrior, prince(존귀한 사람, 전사, 왕자)라는 의미가 있고, 우리말로는 말 그대로 얼, 마음, 정신, 영혼이라는 뜻이 담겨 있다.

우리가 주목하는 것은 보이는 것이 아니요 보이지 않는 것이니 보이는 것은 잠깐이요 보이지 않는 것은 영원함이라.

-고린도후서 4:18

우리는 우리 아이가 보이지 않는 것의 영원한 가치와 아름다움을 아는 사람으로 자랐으면 하는 마음으로 얼이에게 평생 불릴 이름을 선물했다. 보이지 않는 것, 경험과 지혜를 소유하는 데에서 더 깊은 만족을 얻고, 진리와 내면을 사랑하는 것에 기쁨을 누리는 사람이 되었으면 하는 바람으로 말이다.

그런데 막상 이름을 짓고 보니 가족들이 걱정했다. 이름이 특이해서 나중에 놀림을 받으면 어쩌냐며. 하지만 지금은 오히려 우리가 얼이 이름을 너무 좋아해서 요즘엔 맨날 별명을 만든다. '얼'이라는 글자가 들어가는 말이 '얼'마나 많은지…….

얼쑤, 얼짱, 얼렁뚱땅, 어리둥절(얼이둥절). 기분 좋은 얼이는 흥얼흥얼, 징징대는 얼이는 찡얼찡얼.

바라건대, 나중에 어느 친구가 얼이에게 "얼빠졌네." 하고 짓궂게 놀리더라도, "너, 나한테 빠졌어?" 하고 호쾌하게 받아칠 줄 아는, 마음이 단단하고 건강한 아이로 자라주었으면 좋겠다.

Almaty, Kazakhstan

“엄마, 야옹이들이 나를 좋아하나 봐.
야옹이들이 친구 하고 싶나 봐. 친구 해도 될까?”

8

울타리가 없는 아프리카

사파리는 스와힐리어로 '여행'이라는 뜻이다.

만 스무 살에 처음으로 아프리카에 갔다. 그 광대한 대륙을 사랑해서 나와 현철이는 신혼여행도 모로코로 떠났다. 막연히 언젠가 내 아이와 함께 아프리카에 가는 날도 오겠지 생각했는데, 그날이 예상보다 성큼 우리 앞으로 다가왔다.

24시간 동안 비행기를 두 번 갈아타고 나이로비에 도착했다. 다시 다섯 시간이 넘게 다듬어지지 않은 길을 달려 마사이마라에 갔다. 하늘을 올려보면 지나가는 전깃줄이 없어 온통 하늘뿐인 곳이었다. 저 너머로는 땅과 하늘이 닿아 있는 것이 보였다.

아프리카의 국경은 비극적 역사와 관련이 깊다. 반듯한 선으로 나뉘어 있지만 마사이족은 본래의 땅에 흩어져 산다. 이곳 역시 거대한 하나의 초원이고, 탄자니아 쪽을 세렝게티, 케냐 쪽을 마사이마라로 부를 뿐 동물들은 건기와 우기에 따라 자유롭게 이동하며 살아간다. 사파리를 하다 보면 탄자니아와 케냐 사이를 넘나들기도 한다.

끝없이 펼쳐져 있는 초원을 달리는 동안 그곳에 살고 있는 동물들을 마주쳤다. 뚜껑을 활짝 연 우리 차 곁으로 기린이 천천히 다가오더니 잠시 우리와 함께 들판을 달렸다. 코끼리 가족이 지나쳐 걸어가고, 어린 가젤 떼가 바람처럼 반짝이며 땅 위로 흩어진다. 얼룩말이 수풀을 뜯고, 치타가 나른하게 누워 있다. 우리는 조용히 다가가 차의 시동을 끈 뒤, 놀고 있는 아기 사자들을 들여다보았다.

길도 없는 땅을 마음껏 달렸다. 우리가 지나간 자리가 길이 되었다. 그렇게 한참을 달리고 있을 때, 얼이가 물었다.

"엄마, 왜 아프리카에는 문이 업떠? 왜 동물들을 꺼내놔떠?"

"응, 우리가 동물들이 사는 곳으로 놀러 온 거야."

Masai Mara National Reserve, Kenya

익숙한 것이 당연한 것은 아니라고 알려주었다. '자연스럽다'라는 것은 우리의 생각보다 훨씬 거대한 의미가 있다고.

마사이마라에서는 롯지에 머물렀다. 이른 아침, 식당에서 조식을 먹는데, 창문으로 원숭이들이 모여들어 우리 테이블을 쳐다보았다. 얼이는 여기서 처음으로 시리얼을 먹었다. '시리얼'이라고 이름을 알려줬더니, 눈이 동그래져서 되묻는다.

"아, 띠리얼~. 얘는 왜 또 얼이야?"

사파리를 마치고 다시 나이로비로 떠나던 날, 얼이는 결국 눈물을 펑펑 쏟았다. "코끼리랑 왜 헤어져야 돼? 집에 데리고 갈래, 코끼리~." 하면서 한참을 슬퍼하다가, 간신히 눈물을 삼키고 "다음에 또 만나!" 인사하고 왔다.

돌아오는 길, 아차 하더니 말한다.

"어뜨케, 코끼리 사진을 못 찌거떠~."

"괜찮아. 눈으로 보고 마음에 담으면 되지."

내 대답에 얼이는 다행히 고개를 끄덕여주었다.

마사이마라를 떠나 우리는 탄자니아 잔지바르로 향했다. 탄자니아의 작은 섬, 잔지바르는 투명한 보석처럼 빛나는 아름다운 해변으로 유명한 휴양지이자, 과거에는 향신료와 노예를 거래했던 곳이다. 지금도 노예시장의 유적이 남아 있다. 직접 가서 만난 잔지바르는 우기여서 촉촉한 공기가 골목마다 잔잔하게 고여 있었다. 골목을 걷고 있으면 어딜 가든 고양이들이 나른하게 쉬고 있거나 느릿하게 곳곳을 거닐었다.

여기저기 고여 있는 빗물을 참방대느라 기분이 좋았던 얼이는 고양이들을 많이 만나니 한껏 신이 났다.

"야옹아, 안녕! 어? 너도 안녕! 여기 또 있네. 야옹이야, 안녕!"

해안가에서는 밤이면 하나둘씩 불을 밝히고 야시장이 열렸다. 숯불에 구운 해산물을 몇 가지 사서 먹고 있으니 고소한 냄새가 번졌는지 금세 우리 주위로 고양이들이 하나둘씩 모여들기 시작했다.

"엄마, 야옹이들이 나를 좋아하나 봐. 야옹이들이 친구 하고 싶나 봐. 친구 해도 될까?"

그 후로는 고양이들을 볼 때마다 내게 말했다.

"엄마, 얼이 친구들이야~."

아프리카에도 얼이의 세상에도 울타리가 없다.

Zanzibar, Tanzania

Zanzibar, Tanzania

우리는 어디든 함께 가고 언제나 같은 것을 보았다.
내가 만나는 하루하루가 곧 얼이의 세상이었다.

8

멀리, 함께 가기

"얼이에게 넓은 세상을 보여주고 싶어서 그렇게 여행을 하는 거예요?"

생각지 못한 질문이었다. 우리는 몇 주 전 얼이와 함께 아프리카 케냐와 탄자니아 여행을 마치고 돌아온 참이었다. 그날은 우리가 결혼 전부터 알고 지냈던 친한 동생네 부부를 만났다. 우리와 비슷한 시기에 결혼했던 그 동생네 가정에는 얼이와 비슷한 또래의 아이가 있었고, 우리는 해 질 녘 즈음 함께 청계천 산책로를 걷고 있었다. 오랜만에 만난 두 아이는 졸졸 흐르는 물과 돌로 된 징검다리, 그리고 길을 따라 빼곡한 풀숲에 들떠 있었다. 여름에 접어들 무렵이라 기분 좋은 풀냄새와 함께 묵직한 햇살과 선선한 바람이 공기 중에 뒤섞여 밀려왔다. 퇴근하고 곧장 달려온 남편은 종종거리는 아이들을 챙기며 앞서 걷고, 우리는 몇 걸음 뒤에서 걸어가며 이야기를 주고받던 중이었다.

지금까지 얼이와 함께한 여행 중 가장 먼 여행을 다녀왔으면서도 왜 그 질문이 그토록 생경하게 들렸을까? 나는 대답했다. 내가 얼이에게 줄 수 있는 사랑은 얼이와 함께 있는 것이고, 우리가 늘 같이 있기 때문에 얼이와 함께 여행을 가는 것이라고. 그리고 말했다.

"넓은 세상을 보는 건 내가 좋아해!"

걸음을 늦추고 어느새 곁에서 우리의 대화를 듣고 있던 남편도 웃으며 덧붙였다.

"우리가 좋아서 가는 거지 뭐, 하하!"

사실이었다. 우리가 좋아서. 설레서. 가슴이 뛰어서. 우리가 아직 보지 못한 세상을 좀 더 보고 싶어서.

얼이에게 넓은 세상을 보여줘야겠다는 생각을 해본 적이 있었던가. 나는 그저 세상을 얼이와 '함께' 보고 싶었다. 우리도 아직 가보지 못한 곳이 많으니까.

『다섯 가지 사랑의 언어』라는 책이 있다. 이 책에서 저자인 게리 채프먼은 사랑에 다섯 가지 언어가 있다고 이야기한다. 인정하는 말 Words of affirmation, 함께하는 시간 Quality time, 선물 Receiving gifts, 봉사 Acts of service, 스킨십 Physical touch. 사람들은 이러한 사랑의 언어들로 자신의 사랑을 표현하기도 하고, 자신이 사랑받고 있음을 느끼게 된다고 한다.

예를 들면 이런 것이다. 사랑을 표현하는 방법이 봉사인 아내가 있다. 아내는 사랑하는 남편을 위해 요리를 하고, 셔츠를 다리고, 집을 청소하는 것으로 그 사랑을 표현한다. 그리고 아내는 남편과 함께 시간을 보낼 때 그가 자신을 사랑한다고 느낀다. 그러나 남편은 자신의 언어인 선물로 사랑을 표현한다. 선물을 사주며 자신의 사랑이 모두 전해졌을 거라 생각하고, 아내가 인정하는 말과 스킨십으로 사랑을 채워주기를 바란다.

만약 이렇게 사랑의 언어가 다르고 두 사람이 서로의 언어를 모르고 있다면, 이들은 서로를 사랑한다고 해도 그리고 심지어 각자의 언어와 방법으로 사랑을 표현하고 있음에도 두 사람 모두 충분히 사랑받지 못한다고 느낄 수 있다는 것이다.

이러한 사랑의 언어는 다른 관계에도 적용해볼 수 있다. 남편

Zanzibar, Tanzania

과 나는 친구였을 때 비슷한 시기에 이 책을 읽었고, 그 후 연인이 되고 부부가 되고 부모가 되기까지 여러 번 사랑의 언어를 주제로 대화를 나누었다. 언어란 단편적인 것이 아니다. 사랑의 언어는 달라질 수도 있고 변화하기도 한다. 시기와 상황에 따라 필요한 언어가 다를 수도 있다. 그래서 우리는 그 순간 서로를 채워줄 수 있는 언어를 찾고, 상대의 언어를 해석하기 위해 솔직하게 이야기하고 노력해야 한다.

결혼을 앞두고 남편이 프러포즈를 했다. 그때 그는 내게 반지를 끼워주었다. 그 반지가 그대로 우리의 결혼반지가 되었고, 결혼 이후 출산하던 순간 외에는 우리 둘 다 손에서 반지를 한 번도 빼지 않았다.

결혼은 두 사람이 만나서 하는 것인데, 왜 청혼을 한 사람만 해야 할까? 나도 남편에게 프러포즈를 했다. 나는 그에게 청혼하며 회중시계를 선물했다. 오래전 런던 노팅힐 포토벨로 마켓에서 발견하고 가지고 있던 돈을 다 털어서 샀던 시계였다. 언젠가 만나게 될 나의 남편에게 선물하려고 간직하고 있던 것이었다.

시간을 선물하고 싶었다. 내 시간을, 내 사랑을 당신에게 줄

게. 앞으로의 날들을 함께하자. 내가 선물한 회중시계는 둥글고 단단한 금속 안에 유리로 되어 있어서 톱니바퀴가 맞물려 돌아가는 것이 투명하게 보이고 태엽으로 움직였다. 닳거나 교체해야 하는 배터리가 필요하지는 않지만 태엽을 감아주는 한결같은 노력이 있어야 시곗바늘이 계속 돌아간다.

내 사랑의 언어는 함께하는 시간이었다. 나는 내가 얼이에게 줄 수 있는 최선을 주고 싶었다. 그래서 나는 나의 시간을 얼이에게 주었다. 그 시간 속에서 우리는 많은 곳을 함께 다녔다. 한 가지 사랑의 언어로만 사랑을 전부 표현할 수는 없다. 나는 얼이를 끌어안고 살을 비비며, 너와 함께여서 즐겁고 고맙다고 말해주고, 좋아하는 장난감을 선물하고, 이유식을 만들고, 이불을 빨았다.

얼이가 자라면서 우리의 언어도 조금씩 달라질 것이다. 어느 날에는 얼이가 홀로 여행을 떠나고 내가 그것을 응원하고 기다려주는 것이 사랑인 날도 오겠지. 그때에는 또 그날의 얼이가 이해하는 언어로 사랑을 이야기할 수 있도록 우리는 계속해서 서로를 배워야 한다. 그러나 지금, 우리가 우리의 아이에게 줄 수 있는 가장 좋은 사랑의 표현이자 언어는 우리가 함께하는 시

Negombo, Sri Lanka

간이라고 생각했다. 그래서 우리는 함께 있었고, 그래서 우리는 함께 떠났다.

아이에게 넓은 세상을 보여주는 것도 맞는 말이다. 얼이는 어린이집이나 유치원에 다니지 않고 늘 나와 함께 있었으니, 우리는 어디든 함께 가고 언제나 같은 것을 보았다. 내가 만나는 하루하루가 곧 얼이의 세상이었다. 내가 가서 닿는 만큼 얼이의 지경이 넓어졌고, 우리가 다닌 곳들이 고스란히 얼이의 세계가 되었다. 넓은 세상을 만나는 것은 여행의 목적이 아니어도 이내 결과가 되었다.

아이와 함께 여행을 떠나지만 아이에게 맞춰져 있는 여행은 아니다. 얼이만을 위해 어딘가를 가거나 짐을 꾸리지도 않는다. 나는 얼이가 작은 모형보다는 진짜 세상을 겪어보길 바랐다. 집에서도 장난감이 많지 않은 대신 살림살이를 꺼내서 놀게 둔다. 아이가 엄마, 아빠의 욕심을 지루하게 견디고, 얼이가 노는 동안 우리는 기다리는 게 아니라, 다 같이 즐거울 수 있는 곳으로 갔다.

얼이가 자기 발로 스스로 걷기 시작했을 때 첫 여행을 시작했고, 이제는 함께 여행을 준비하고 만들어간다. 여행 중에는 각자의 몫을 지고 서로의 역할을 한다. 그것이 여행을 지속하게 하고, 여행에 더 깊은 즐거움을 더해준다.

얼이는 종종 내게 엄마는 커서 뭐가 되고 싶냐고 물어본다. 아이를 기르는 것은 함께 자라고 꿈꾸는 일이다. 우리는 시간 가는 줄 모르고 각자 하고 싶은 일과 되고 싶은 것에 대해 신나게 떠든다. 나는 내 꿈을 이야기하고, 얼이의 꿈을 듣는다. 얼이에게 내가 바라는 꿈을 알려주거나 그쪽으로 이끌고 싶지 않다. 애초에 그런 것이 있지도 않다. 나는 얼이와 함께 여행하며 각자의 꿈을 꾸고 싶다.

우리는 아이를 위해 여행을 떠나지 않는다. 우리만을 위해서 가는 것도 아니다. 우리는 그저 함께 간다. 그게 우리가 사랑하는 방법이므로.

여행이란 이별이 예정된 연애 같은 것이니,

우리는 다만 주어진 달콤함 속을 더 천천히 거닐었다.

8

느린 여행

아이와 함께 걷는 길은 멀고 걸음은 느리다.

얼이가 걸음마를 시작하고 난 뒤, 벅차오르던 기쁨과 감격도 잠시, 혼자서 빠른 걸음으로 걸으면 10분 남짓 걸리던 거리를 이제는 둘이서 두 시간 동안 걸어오곤 했다. 아이를 키우며 하루를 매시간 쪼개어 살고 손은 점점 더 빨라졌지만, 아이가 자라면서 일상의 속도는 점점 더 더디고 느려졌다.

사실 이것은 많은 순간 곤욕이었다. 날마다 온종일 얼이와 함께인 나는 가까운 편의점을 가든, 무거운 짐을 들고 우체국을 가든, 친구를 만나러 가는 길이든 언제나 얼이의 속도에 맞추어야 했다. 삶에는 산책로만 있는 것이 아니니 나는 때로 마음이 급했고, 언제나 할 일이 많았고, 대부분 무거운 짐이 들려 있었다. 얼른 저 골목 끝까지 단숨에 걸어 목적지에 닿고 싶었다. 하지만 아이는 걸음마다 멈춰 서서 흔들리는 나뭇잎과 떨어진 작은 전단지와 지나가는 고양이에 하나하나 손짓하며 말을 걸었다. 굴러가는 낙엽과 작은 돌멩이를 줍고, 뛰어가는가 싶으면 되돌아오고, 눈에 띄는 모든 것을 궁금해하며 한 걸음 한 걸음 경탄과 설렘으로 걸었다.

때로는 유모차에 태우고, 혹은 아이를 안고 걷는 날도 있었다. 아무래도 그쪽이 편하고 빨랐다. 하지만 나도 얼이와 손을 잡고 눈을 맞추며 걷는 편이 좋았다. 처음 아이와 오후 내내 작은 골목 하나를 천천히 걸어 집에 돌아왔던 날, 나는 비로소 그것이 여행임을 알았다.

동네를 그렇게 촘촘히 걸은 것은 그날이 처음이었다. 하나하나 살피고 돌아보며 감탄하면서 걷는 것도 이전에는 해보지 않은 경험이었다. 얼이로 인해 피었는지도 몰랐던 꽃을 들여다보고, 익숙해져 거기 있는지도 잊었던 가로등을 올려다보았다. 시간이 도대체 얼마나 지난 건지……. 집에 도착하고서야 알았다.

나는 그날 얼이와 여행을 다녀온 것이었다. 집 앞 골목으로.

얼이는 내 일상을 여행으로 바꾸어주었다. 그제야 내 마음도 재촉을 멈추고 조금 느긋해졌다.

좀 더 어리고 에너지와 의욕이 넘치던 무렵 나의 여행은 지금보다 훨씬 빠르고 바빴다. 빠듯한 예산과 빡빡한 일정 속에서 하나라도 더 보려고 달음질을 쳤다. 밤늦게 숙소에 돌아와 온종일 다녀온 곳을 헤아려보며 뿌듯하게 잠이 들던 날들이었다. 그때는 또 그대로 좋은 여행이었다.

하지만 이제 우리가 떠나는 여행은 조금 달라졌다. 얼이는 기차에서 잠시 만나 함께 놀았던 형아가 먼저 내리면 아쉬움에 눈물을 뚝뚝 흘리는 아이여서, 언제나 낯선 곳을 만나는 것보다 마음 주었던 곳을 떠나는 것을 더 힘들어했다. 그래서 우리는 여행의 속도를 늦추었다. 여행이란 이별이 예정된 연애 같은 것이니, 우리는 다만 주어진 달콤함 속을 더 천천히 거닐었다.

여행의 속도에 맞추어 우리는 작은 도시로 떠나는 것을 좋아하게 되었다. 에스토니아 탈린은 핀란드에 가면서 거리가 멀지 않아 일정에 포함시켰던 도시였다. 출발하기 전, 책을 몇 권 찾

Tallinn, Estonia

아보았더니, 탈린은 아주 작은 도시여서 세 시간이면 다 돌아볼 수 있는, 반나절이면 충분한 곳이라고 나와 있었다. 해서 많은 경우, 가까운 핀란드에서 페리를 타고 당일 코스로 다녀오거나 발트 3국의 다른 도시들을 함께 둘러보는 듯했다.

우리는 그 도시에서 집을 빌려 하룻밤을 지냈다. 장을 봐서 아침을 차려 먹고, 얼이가 탄 유모차를 밀면서 걸어 나와 도시를 한 바퀴 둘러보았다. 탈린이 좋아졌다. 시선을 두는 곳마다 세월이 켜켜이 쌓여 찬연하게 빛을 내는 골목과 집들도 좋았고, 걷다 보면 가려고 마음먹었던 곳을 자연스레 모두 만나게 되는 작은 도시라서 좋았다. 같은 골목을 여러 번 지나가도 시간과 사람과 구름과 햇살이 그 위로 아로새겨져 시시각각 다른 길을 걸었다.

우리는 찬찬히 걸었다. 작은 풀꽃 앞에서도 머물며, 골목 하나를 오래 들여다보았다.

Tallinn, Estonia

Tallinn, Estonia

Helsinki, Finland

얼이와 손 잡고 걷는 것을 좋아한다.
언젠가 얼이는 내가 나이 드는 속도보다 더 빨리 자라서
성큼성큼 달려가 세상으로 풍덩 뛰어들겠지.
우리가 같은 속도로 걷는 날이 우리 인생에 얼마나 될까?
그러니 우리가 같은 속도로 함께 걷는 지금,
내가 얼이의 속도에 맞출 수 있을 때,
이 날들을 더 천천히 누리고 소중히 여겨야지.

풀 한 포기 길러내지 못하는 메마른 곳이라고 생각했던
그 땅의 모든 생명력과 생동감은
사람들에게 있었다.

8

가난하고 부요한 여행

여행을 하다 보면 가장 화려한 관광지나 고급스러운 번화가 바로 옆에는 그 도시의 가난한 사람들이 살고 있다. 그것은 아이러니이기도 하고, 섭리이기도 하겠지. 우리가 그늘에 가려진 사람들을 잊지 않고 기억할 수 있기를 바라는, 그래서 그를 대신해 그들에게 손 내밀기 원하시는 하나님의 섭리.

셋이서 마닐라에 다녀왔다. 우리가 예약한 호텔은 거대한 샹들리에 아래 로비와 레스토랑을 연결하는 우아한 계단이 있고, 선베드가 총총 늘어선 야외 수영장 너머로 바다를 따라 야자수와 초록빛 산책로가 이어지는 곳이었다. 아침에 조식을 먹을 때는 넓은 레스토랑의 테이블 사이로 자전거를 타고 다니며 신문을 가져다주고, 수영장에서 물놀이를 하다가 선베드에 누워 쉬고 있으면 귀여운 하늘색 카트가 돌아다니면서 아이스크림을 나누어주었다. 우리는 아침을 먹고, 수영을 하고, 쇼핑하러 다녀오고, 느긋하게 차를 마셨다. 주어진 모든 것을 만끽하며 휴가 기간 내내 호사를 누렸다.

그런데 마닐라 여행 중 남편이 가장 즐거워 보였던 때는 따로 있었다. 바로 인트라무로스 근처의 작은 마을에서 동네 아이들에게 사진을 찍어주던 순간이었다. 인트라무로스는 옛 스페인 정복자들이 거주했던 곳으로 필리핀에서 가장 오래된 성당과 여러 건축물을 볼 수 있다. 우리는 인트라무로스 주변을 걸으며 둘러보다가 자연스레 작은 골목으로 접어들었다. 햇살이 뜨거운 조용한 한낮이었다. 소박한 가게 사이로 집들이 자리 잡고, 거리에 놓인 테이블에서는 어느 가족이 식사를 하고 있었다. 그 주위에서 아이들과 강아지가 어울려 놀고 있다가, 담벼락이며 거리 풍경을 촬영하는 남편을 보고 하나둘씩 주위로 모여들었다.

Manila, Philippines

호기심을 보이는 아이들에게 남편이 "너희도 찍어줄까?" 하고 말을 건넸다. 다음 순간, 골목에 흩어져 있던 아이들이 신이 나서 달려나와 남편을 둘러싸고 어깨동무를 했다. 조용하던 골목은 이내 유쾌하게 시끌벅적해졌다. 우리가 사랑하는 여행은 이런 것이었다.

우리가 머물던 호텔에서는 생일파티가 있다며 아이들이 드레스를 입고 로비를 거니는데, 그곳에서 한 블록만 벗어나면 신발도 신지 않은 아이들이 거리에서 잠을 잤다. 인도 뭄바이의 타지마할 호텔에 갔을 때는 화장실에서 단정하게 차려입은 직원이 곁에 서서 물을 틀어주고 손을 다 씻을 때까지 기다렸다가 곱게 접힌 새하얗고 보송한 수건을 건네주었다. 그러나 호텔로 가는 길에는 열이보다 어린 아이들이 씻지도 않은 채 새카만 옷을 입고 동전을 바라며 손을 내밀었다.

이집트 카이로에는 쓰레기가 쌓여 산을 이룬 곳에 사람들이 산다. 그 마을의 아이들도 여느 아이들이 그렇듯 밖으로 뛰어나와 이방인들에게 손을 흔들어주었다. 나는 그 앞에서 무심결이라도 거리의 악취에 얼굴을 찌푸리지 않으려 애를 썼다.

세계에서 가장 부유하고 평화로운 나라 중 하나인 스위스에도 내가 지내던 곳에서 차로 조금만 가면 난민들이 살고 있었다. 이따금 장난감을 준비해서 아이들과 놀아주다 왔지만, 그 아이들이 그곳에 오기까지 어떤 길을 걸어왔을지 나는 짐작조차 할 수가 없다.

만 스무 살이 되던 해에는 대학교를 휴학하고 캐나다에서 3개월, 케냐와 탄자니아에서 3개월을 보내고 돌아왔다. 꼭 그때여야만 할 것 같았다. 내 삶을 본격적으로 책임지기 전에 나는 다양한 세상을 보고 싶었다.

캐나다는 여유가 넘치고 풍요로웠다. 아름다운 자연환경은 말할 것도 없고, 마트에만 가도 생활하는 데 필요한 모든 것이 넉넉하게 쌓여 있었다. 심지어 그 모든 것들이 비싸지도 않았다. 그러다 아프리카에 갔다. 1달러면 망고와 파인애플을 혼자서 다 먹지도 못할 만큼 살 수 있었다. 하지만 식빵은 얇아서 접시가 비쳐 보였다.

저녁에는 종종 정전이 됐다. 만나는 아이들은 거의 맨발이거나 타이어 고무를 잘라 만든 신발을 신고 있었다. 하지만 아이들은 음악이 흘러나오면 거리에서 춤을 추었다. 나는 그 열기에 매료되었다. 풀 한 포기 길러내지 못하는 메마른 곳이라고 생각

Manila, Philippines

했던 그 땅의 모든 생명력과 생동감은 사람들에게 있었다.

나의 시선과 생각은 달라졌다. 세계에서 가장 부요한 나라 중 하나와 가장 가난한 나라 중 하나에서 보낸 시간은 내 삶의 진폭을 넓혀주었다. 야트막한 언덕 아래 살고 있던 나를 산봉우리로, 골짜기로 데리고 갔다. 그리고 내게 말해주었다. 그곳에도 사람들이 살고 있다고.

여행할 때는 근사한 호텔이나 편안한 리조트에 머물고, 고급 레스토랑에 가서 맛과 분위기를 누리는 것을 좋아한다. 하지만 재래시장과 헌책방에 가고, 동네에 있는 작은 식당과 거리에서 군것질을 하는 것도 좋다. 넓은 여행도 좋지만, 깊은 여행도 필요하다. 햇살과 음영을 고루 보고 싶다. 우리의 마음을 움직이는 진정한 아름다움은 다양함이 조화를 이루는 균형에서 온다고 믿는다.

나의 이상형은 오래전부터 차갑고 따스한 사람이었다. 이성적이고 감성적인 사람. 담담하게 삶을 관조할 줄 알면서도 온기가 있는 다정한 사람. 관대하고 검소한 사람. 침착하면서도 유머를 잃지 않는 사람. 높은 곳에서도 낮은 곳에서도 한결같은 사람. 풍요에도 가난에도 처할 줄 알고, 누릴 줄도 나눌 줄도 아는 사람. 균형 잡힌 사람. 나는 남편이 호텔 레스토랑을 예약하고 매너 있게 에스코트해주는 사람이면서, 호찌민 어느 작은 골목의 허름한 좌판에 마주 앉아 쌀국수를 후루룩 들이켤 수 있는 사람이어서 좋았다.

예상치 않았던 상여금이 나왔던 달에 우리는 인도 어느 도시의 작은 학교로 책상과 걸상을 구입할 비용을 보냈다. 얼이의 생일에는 얼이의 선물을 사고, 다른 먼 나라의 아이에게도 작은 선물을 보냈다.

우리 삶에 언제까지고 평탄한 날들만 이어지지는 않을 것이다. 때로는 곤고하고, 어떤 날은 부요하고, 어느 날은 맑았다가 이내 흐리고 어두워지겠지. 여름을 잊은 듯 가을이 오고, 겨울이 없었던 것처럼 봄이 올 것이다. 우리는 앞으로도 계속해서 숱한 산봉우리와 골짜기를 함께 여행할 생각이다. 어둡고 가파른 골짜기를 지날 때는 겸손하고, 눈부시게 높은 곳에 있을 때는 감사하면서, 그렇게 산마다 낮아지고 골짜기는 돋우어져서 우리의 삶과 마음이 완만하고 너그러운 길이 되기를 기도해본다.

그 여행 끝에는 얼이도 우리도, 부 앞에서 주눅 들거나 비천 앞에서 냉담하지 않은 어른으로, 부유하다고 우쭐하거나 궁핍하다고 절망과 분노를 내 것 삼지 않는 사람으로, 보이는 것과 보이지 않는 것을 두루 살피고 그늘에 피어 있는 연약한 풀 한 포기도 소중히 마음에 담을 줄 아는 사람으로 자랐으면 좋겠다.

Almaty, Kazakhstan

Almaty, Kazakhstan

시든 마음에는 서로에게 내어줄 공간이 없다.
낭만도 여유를 머금어야 싹을 틔운다.

8

떠나요, 둘이서, 제주로

육아는 회전목마 같다. 오르락내리락하면서 제자리를 빙빙 돈다. 매일 일상이 반복되고, 머무는 곳에서 충실해야 한다. 아이를 키우는 일은 세상 찬란한 기쁨이고 바꿀 수 없는 행복이었다가, 끝없는 수고와 인내를 요구하는 고단한 굴레가 되었다가, 이 모든 것이 가늠할 수 없는 속도와 주기로 반복되며 돌아간다. 얼이와 단둘이 제주로 떠나기 전에는 우리가 탄 회전목마가 골짜기로 내려갈 즈음이었다.

긴 여름이었다. 우리는 이사를 했고, 복잡한 공사와 계약을 마쳤다. 남편은 부서를 이동하고 본사로 들어가게 되면서 출퇴근 시간이 한 시간쯤 늘어났다. 남편이 새 업무 환경에 적응하는 동안, 나는 날마다 얼이와 함께 보냈다. 돌보고, 요리하고, 먹이고, 치우고, 씻기고, 재웠다. 재우고 난 후에는 디자인을 하고 글을 썼다. 대한민국의 많은 아빠와 남편들이 그렇듯 그 무렵 남편은 연일 반복되는 야근과 출장으로 평일엔 같이 식사 한 끼 하기는커녕 얼굴을 보기도 힘들었다. 덕분에 내게도 퇴근 없는 나날이 이어졌다.

항상 아이와 함께 있다는 것은 모든 것을 얼이와 함께한다는 의미다. 잠깐 집 앞에 쓰레기를 버리러 나갔다 올 때는 물론, 인쇄소에도 얼이와 함께 가고, 업무와 관련해 잡지사와 인터뷰할 때도 얼이를 데리고 갔다. 나의 밥과 잠은 하루 일과 속에 엉망으로 자리 잡았다. 일상의 균형이 기울어지자 마음이 허물어지는 것은 금방이었다. 시간과 체력의 마지노선을 지나쳤다. 살림의 볼륨과 육아의 밀도에 날마다 스트레스와 피로가 켜켜이 쌓여갔다.

바쁘다 보면 너무 많은 것을 잃어버리고 무엇을 잃어버렸는지조차 모르고 지나가기 쉽다. 몸이 지치는 날들이 쉼 없이 이어지니 마음이 버텨낼 재간이 없었다. 메말라 건조하고 뾰족해져 날카로운 마음은 쉽게 불이 붙었고 스치는 것만으로 서로에게 상처를 내었다. 우리는 둘 다 지쳐 있었다. 시든 마음에는 서로에게 내어줄 공간이 없다. 낭만도 여유를 머금어야 싹을 틔운다. 우리는 바짝 말라 있었다.

벗어놓은 양말과 속옷도 빨아야 하고, 때마다 빼곡한 공과금도 내야 하는 부부의 일상이 어떻게 매일 로맨틱할까. 삶을 살아내고 서로의 꿈을 지지한다는 것은 순간의 설렘이나 들뜬 기분만이 아니라 과중한 업무와 집안일, 육아와 경제적인 부담 역시 기꺼이 감내해야 한다는 의미다. 그렇게 우리에게 주어진 현실의 무게를 묵묵히 진 채 긴 여름이 지나갔다.

그날은 디자인 행사가 있어서 밖에 나와 있던 참이었다. 우리가 오랜만에 함께, 하지만 그 와중에도 일하면서 보낸 주말이었다. 행사를 마치고 늦은 저녁을 먹은 뒤 잠시 카페에 들렀다.

오래간만에 누리는 여유가 좋았다. 시시하고 가벼운 이야기를 나누다가 남편에게 함께 가고 싶었던 카페 사진을 보여주었다. 내가 이렇게 너를 생각한다고 말하고 있는데, 남편이 계속 자기 휴대전화만 들여다보고 있었다. "여보는 무슨 생각해?" 물었더니, 남편이 보고 있던 휴대전화를 내게 보여주며 말했다.

"나는 이렇게 너를 생각해."

휴대전화에는 제주행 항공권의 예약 결제 화면이 띄워져 있었다.

길었던 여름이 끝나갈 무렵이었다. 나를 위해 여행을 떠나기로 했고, 얼이를 위해 얼이와 함께 가기로 했고, 남편을 위해 그의 선물을 받기로 했다. 그렇게 그 가을, 나와 얼이는 제주로 짧은 여행을 떠났다.

그동안 여행을 많이 다녔는데도 제주는 처음이었다. 그래서 선택한 것이기도 하지만, 그래서 어렵기도 했다. 준비부터 만만치가 않았다. 얼이와 단둘이 가는 여행이니 숙소는 방 하나면 충분했고, 제주를 가까이서 만나고 싶었다. 일단 게스트하우스나 민박을 알아보기 시작했다. 그러나 80~90개가 넘는 숙소를 검색하고 찾아봤지만, 아이와 함께 단둘이 투숙할 수 있는 곳은 거의 없었다. 많은 게스트하우스나 민박에서는 아이를 포함한 손님을 받지 않거나, 투숙하려면 방 하나가 아니라 독채를 빌려야 했다. 하지만 우리에게 이번 여행은 머무는 대신 흘러가기 위해 떠나는 것이니 그렇게 비싸고 커다란 숙소는 필요하지 않았다. 결국, 더 많은 곳에 일일이 전화해본 끝에 가까스로 세 곳의 숙소를 예약했다.

제주를 한 바퀴 크게 돌아보기로 마음을 먹었다. 여러 교통편을 알아봤더니, 어린 얼이와 제주를 여행하기에는 대중교통보다는 렌터카를 이용하는 것이 시간과 비용과 수고 면에서 두루 낫다는 결론이 났다. 문제는 당시의 내가 몇 년간 운전을 전혀 하지 않던 중이라는 것이었다. 지금이야 얼이를 태우고 강원도나 부산도 가겠지만, 그때는 출산과 육아로 한동안 멈춰 있던 상태이니 새로 시작하는 기분이었다. 그 와중에 읽은 기사에서는 전국에서 교통사고율이 가장 높은 곳이 제주라고 했다. 아마도 렌터카를 이용하는 여행객이 많아서겠지. 제발 내가 그 비율에 보탬이 되지 않기를 바라면서 렌터카와 카시트를 예약했다.

여행을 떠나는 날이 되었다. 집에서 공항까지 가는 것만으로도 너무나 긴 여정이었다. 환승 통로에는 계단뿐이어서 먼 길을 돌아갔고, 수많은 사람으로 가득 찬 공항에서 오랫동안 줄을 서고 발권을 하는 동안 얼이는 옷과 유모차에 마시던 우유를 쏟았다. 날이 꽤 쌀쌀했는데, 나는 어느새 땀범벅이 되어 겉옷을 손에 들고 있었다. 서둘렀는데도 시간이 예상보다 훨씬 오래 걸려서 얼이를 데리고 공항을 가로질러 달려가 비행기에 올랐다.

그렇게 제주에 도착했다. 하늘이 꾸물꾸물해서, 이게 해가 지려는 건지, 비가 오려고 하는 건지 알 수가 없었다. 간신히 차량과 카시트를 인수하고 얼이를 태웠다. 와, 그래도 이제 여행의 시작이구나.

그러나 여행은 마음 같지 않다. 제주는 내 생각보다 훨씬 크고 멀었고, 나는 제주도, 길도 잘 몰랐다. 도착하자마자 우리가 들렀던 한 카페는 영업을 쉬고 있었고, 또 다른 식당에 갔더니 이번에는 재료가 다 떨어져서 일찍 문을 닫는다고 했다. 가게들의 위치는 모두 떨어져 있고, 우리는 차에서 내렸다가 다시 타고 이동했다가 내리는 걸 반복했다. 그러면서 주위는 조금씩 어두워졌다. 마침내 우리가 문이 열린 식당을 찾았을 때는 이미 날이 완전히 저문 후였다.

얼이와 둘이 제주에서의 첫 식사를 마치고 나와서 중산간에 있는 첫 숙소를 내비게이션에 입력하고 출발했다. 문제는 그때부터였다. 우리 차가 칠흑같이 어두운 끝도 없는 산길로 들어서서 달리기 시작한 것이었다. 앞을 봐도 자동차의 전조등이 비추는 코앞의 좁은 길만 보이고, 뒤로는 아무것도 없는 새까만 어둠이었다. 맞은편에서 오는 차도 없고, 양옆으로도 온통 깜깜해서 뭐가 있는 건지 알 수가 없었다. 사방으로 불빛 한 점 보이지 않았다. 덜컥 겁이 났다. 뒷좌석 카시트에는 얼이가 곤히 잠들어 있었다.

운전대를 잡은 손에 힘이 바짝 들어갔다. 한시라도 빨리 숙소에 도착해야 한다는 생각에 앞만 보며 달렸다. 달리면서도 이 길이 맞는 걸까, 여기가 어딜까, 주변에 절벽이라도 있는 건 아닌지, 뭐라도 튀어나오면 어쩌나, 별의별 생각이 차창 옆으로 혼란스럽게 스쳐 갔다. 제주의 가을밤은 바람이 거세고 공기가 제법 싸늘했다. 하지만 나는 긴장감으로 추운 줄도 몰랐다. 사방은 조용했고, 마음은 점점 급해졌다.

끝이 없는 것만 같던 산길을 얼마나 달렸을까. 가파른 길 한쪽에 희미한 불빛이 보였다. 그쪽으로 들어서니 거기가 바로 내가 예약했던 숙소였다. 건물도 주변 풍경도 여전히 고요한 어둠에 둘러싸여 있었지만, 그제야 비로소 마음이 탁 놓였다.

안도하며 건물 옆 너른 공터에 차를 대는데, 순간 퍽 하고 충격과 함께 둔탁한 소리가 났다. 너무 놀라고 당황해서 순간 어찌할 바를 모르다가 일단 차를 뒤쪽으로 다시 뺐다. 다급히 내려서 휴대전화 불빛으로 확인해보니, 바닥에 커다랗고 야트막한 바위 같은 것이 있었다. 낮은 돌덩이가 밤이라 어두워 보이지 않았고, 범퍼가 낮다 보니 그대로 들이받은 것이었다. 창백한 불빛 사이로 엉망으로 부서진 범퍼가 보였다. 이쯤 되니 그 자리에서 울고 싶었다. 피곤한 데다 긴장이 채 풀리지 않아 뻐근한 마음에 화가 나고 속상한 감정들이 부딪쳤다. 이 여행, 오길 잘한 걸까?

제주의 밤은 잠잠하고 캄캄했다. 시끄러운 건 내 마음뿐이었다. 남편은 전화기 너머로 내 얘기를 들으며 그저 괜찮으니 걱정 말고 마음껏 쉬고 놀다 오라고 했다. 나중에 돌아보면 분명 다 즐거운 추억일 거라면서.

그래서 얼이와 단둘이 했던 그 제주 여행이 어땠냐 하면, 이루 말할 수 없이 좋았다. 우리는 5일간 제주를 구석구석 다니며 해변을 따라 한 바퀴 돌았다. 분교에서 뛰어놀기도 하고, 작은 카페를 찾아가 당근 케이크를 나누어 먹었다. 바닷가에서 발을 적시며 모래 놀이를 하고, 숲길을 달려 초원 위에 흩어져 있는 말들을 보러 갔다.

Jeju

Jeju

내가 바랐던 대로 우리는 제주의 전통 돌담이 둘러진 민박집에서 지냈다. 나는 방에서 쉬고 있는데 얼이는 혼자 거실로 나가 올레길을 걷고 돌아온 다른 여행객들 틈에서 한참을 떠들고 놀았다. 시장과 서점, 갤러리와 해녀박물관에 가고, 흑돼지 삼겹살을 먹었다. 마지막 날에 간 곳은 감귤밭이었다. 햇살이 머리 위로 쏟아지는 넓고 조용한 감귤밭에 우리 둘만 있었다. 주렁주렁 열린 금빛 감귤을 한 바구니 가득 따서 제주 여행의 기념품으로 집에 가져왔다.

아, 아주 작은 에피소드가 하나 더 있긴 하다. 나는 여행 중 다른 곳에서 후진을 하다가 내가 사랑하는 제주의 낮은 돌담에 뒤 범퍼를 한 번 더 박살 냈다. 이번에는 슬프지 않았다. 수리비를 낼 때 조금, 아주 조금 아쉽기는 했지만…….

여행을 마치고 돌아와서도 달라진 것은 없었다. 남편은 여전히 야근과 출장으로 바빴고, 나는 날마다 온종일 얼이와 함께 시간을 보내고, 얼이가 잠든 밤에는 일을 했다. 오히려 여행을 마치고 집에 돌아오자, 아기 때부터 자기 침대에서 따로 자던 얼이가 여행 중에 그랬던 것처럼 내 옆에 꼭 붙어서 잠을 자기 시작했다.

그래도 힘들지 않았다. 아이를 업을 때 아이와 내 몸 사이에 공간이 있으면 무겁고 불편하고 더 힘이 든다. 내게 몸을 붙이고 완전히 기대어 의지하는 편이 훨씬 수월하다. 여행에서 돌아온 뒤 우리는 더 가까워졌고, 덜 힘이 들었다.

남편과도 단 며칠이었지만 결혼 후 처음으로 떨어져서 서로를 마음껏 그리워하는 시간을 보내고 돌아오니, 서로가 더 소중하고 애틋해졌다.

원래도 내게 가을은 마치 책장에 끼워둔 곱게 물든 낙엽 같아서 마음에 오래도록 남아 바래지 않고 아름답지만, 이 가을은 정말이지 오래도록 기억날 것 같다.

Jeju

Warszawa, Poland

여행을 떠나는 것도
누군가를 만나 결혼하는 것도
아이를 기르는 일도 다 비슷하다.
편해서 좋은 게 아니라는 것.

번거롭고 불편하고 힘든 것을
기꺼이 감내해내는 수고와 열정이 사랑이다.

집 떠나면 고생이다.
그런데 너무 좋아서, 너무 즐겁고 행복해서,
그 고생을 계속하고 싶은 것.

행복의 기준은 편리함이 아니라 사랑이다.
그런 면에서 여행과 결혼과 육아는 닮아 있다.

감정이란 절대적인 것이 아니어서 각자 가지고 있는
서사에 따라 각기 다른 감동의 순간을 맞이한다.
나름의 감격이 여행 곳곳에 존재한다.

8
여행을 위한 준비

여행에는 생각보다 많은 준비가 필요하지 않다.
아니, 때로는 준비하지 않고 떠나는 것도 괜찮다.

결혼 전 혼자 여행을 다닐 때는 항공권만 예매해서 파리로, 베를린으로, 베니스로 날아가곤 했다. 스마트폰도 없을 때였고, 그 흔한 여행책자 하나 들고 가지 않았다. 새로운 도시에 도착하면 주로 공항이나 기차역의 안내 센터를 통해 숙소를 찾았다.
그러다 그리스 아테네에서는 공항에서 도저히 호텔을 알아볼 수가 없어서 무작정 시내의 번화가인 신타그마 광장으로 갔다.

캐리어를 끌며 눈에 띄는 호텔 몇 군데를 들어가 보고, 골목 안 가장 오래되어 보이는 가게에서 근처에 추천할 만한 숙소가 있는지 물어보았다. 가게에 계시던 할아버지는 근사한 백발에 영화 '맘마미아'에 나오는 배우처럼 멋스러운 차림이셨다. 할아버지가 소개해주신 작고 오래된 호텔은 내 키의 두 배가 훌쩍 넘는 좁고 기다란 문에 동화책에서나 보았던 묵직한 놋쇠 자물쇠로 열고 들어가는 객실이 있는 곳이었다. 나는 거기가 아주 마음에 들었다. 아테네를 떠나 배를 타고 도착한 산토리니에서도 그런 식으로 숙소를 구했다. 이번에는 진짜 '맘마미아' 속에 등장하는 도나의 호텔 같은 곳이었다.

결혼하고 나서도 우리 부부는 아는 것 하나 없는 모로코로 신혼여행을 떠났다. 당시에는 모로코에 관한 여행책자가 정말 드물었고, 자세한 정보가 나와 있지도 않았다. 결국, 우리는 지도 한 장 없이 모로코에 갔다. 생애 한 번뿐인 신혼여행인데 그저 느긋하고 평온했다. 함께 있으니 용기는 늘어나고 걱정은 줄어들었다. 우리 둘 다 평소에 일할 때는 일정과 계획을 착실히 챙기는 편이지만, 여행에 관해서는 우선순위가 거기에 있지 않았다.

대책 없는 신혼부부는 모로코 카사블랑카 공항에 내려서 기차를 타고, 무작정 첫 여행을 시작할 도시 마라케시로 갔다. 그리고 마라케시 기차역에서 택시를 타고 구시가지 마을 어귀에 내렸다. 근처에 있던 사람에게 적어온 호텔 주소를 보여주니까 이내 주위로 사람들이 모여들었다. 손짓하며 이끄는 동네 아이들에게 둘러싸여 걷다 보니 우리가 예약했던 숙소 앞이었다.

마라케시에서의 숙소는 네모반듯한 중정에 레몬 나무가 심겨 있고 일하는 사람은 두세 명이 전부인, 정갈하고 아름다운 호텔이었다. 정성껏 만든 아침 식사를 차려주고, 오가면서 마주칠 때마다 친근하게 인사를 건넸다. 지도는 다음 날 아침 호텔 리셉션에 부탁해 한 장 얻었다.

별다른 준비가 필요하지 않았다. 가이드북을 찾아보거나 블로그를 검색하지 않고 그냥 찾아가는 것도 신선하고 설레는 만남이었다. 대신에 우리는 그 도시와 나라에 관한 음악을 듣고, 영화를 보고, 문학을 찾아 읽었다.

학교 다닐 때 한 교수님께서 말씀하셨던 것이 기억난다. 아는 만큼 보인다고. 그래서 우리는 더 많이 감동하기 위해 공부하는 것이라고.

상트페테르부르크 여행을 준비할 때 우리는 책을 많이 찾아 읽었다. 남편은 도스토옙스키와 푸시킨의 책을 탐독하고, 나는 톨스토이를 다시 읽었다. 남편이 작곡을 전공했으니 러시아의 위대한 작곡가들의 음악은 말할 것도 없다. 서재에 넣어두었던 차이콥스키 음반은 거실에 자리 잡았다. 주말 아침에 틀어놓는 음악은 한동안 무소륵스키의 '전람회의 그림'이었다.

상트페테르부르크에서 우리는 도스토옙스키의 생가에 만들어진 박물관과 그의 무덤이 있는 수도원을 찾아가 시간을 보냈다. 지하철역에서 푸시킨 동상을 마주치기도 했다.

러시아는 문화유산이 풍부한 나라다. 내가 기대했던 것은 에르미타시 미술관이었다. 세계에서 가장 크고, 가장 오래된 미술관 중 하나로 그동안 가봤던 모든 미술관 중 단연 압도적인 규모와 거대한 아름다움을 보여주었다. 둘러보는 내내 강렬한 인상과 감동을 받았다. 국내에는 소개가 많이 되지 않아 상대적으로 저평가되어 있다는 생각을 했다. 자료에 의하면, 에르미타시의 각 컬렉션을 1분씩 감상한다면, 모든 작품을 감상하는 데 8년이 넘게 걸린다고 한다.

그러나 가장 마음에 남았던 것은 많은 소장품이 약탈로 이루

Sankt Peterburg, Russia

어진 대영 박물관이나 루브르 박물관과 달리 에르미타시의 소장품은 대부분 수집과 기증으로 이루어졌다는 부분이었다. 이집트에서도 보지 못했던 미라를 런던 한복판에서 마주하며 느꼈던 복잡 미묘한 감정은 거기 없었다. 눈앞에는 칸딘스키의 그림이 의연하게 걸려 있었다. 얼이와 손을 잡고 마티스의 '춤' 앞에 섰다. 생생한 감동으로 마음이 벅차올랐다.

핀란드에 가기 전에는 도서관에 가서 얼이에게 무민 그림책을 보여주었다. 우리 셋 다 즐길 수 있는 여행이었으면 했다. 아는 만큼 보이고, 보이는 만큼 즐길 수 있는 거니까.

얼이는 헬싱키에서 들어가는 가게마다 무민을 발견하고는 반가워했다. 서점에는 무민 시리즈가 모여 있는 코너가 따로 있었다. 마트에서는 무민이 그려진 자일리톨 사탕을 사 가지고 왔다. 내가 '니모를 찾아서'를 보았던 것도 시드니로 가는 비행기 안이었다. '라이온 킹'은 어렸을 적에 보고 케냐로 향하는 비행기 안에서 두 번째로 봤다.

폴란드에 갈 때는 얼이가 좋아하는 '고 제터스Go Jetters'라는 애니메이션을 보고 계획을 세웠다. 네 명의 히어로가 세계 각국을 다니며 문제를 해결하는 내용의 시리즈인데, 폴란드 편에서

Sankt Peterburg, Russia

는 유네스코 세계문화유산인 비엘리치카 소금광산이 등장한다. 애니메이션을 본 얼이가 소금광산에 꼭 가보고 싶다고 해서 우리는 폴란드에서의 일정을 조정하고, 차를 빌렸다.

소금광산은 환상적이었다. 우리는 수백 미터 지하에 있는 광대한 소금광산에서 끝없이 이어지는 터널을 걷고 암염으로 만든 정교한 조각상들을 보았다. 섬세한 샹들리에부터 반들거리는 단단한 바닥까지 모든 것이 소금으로 만들어진 장엄한 예배당은 신비로웠다. 이제 얼이는 소금을 볼 때마다 광산 얘기를 한다.

스리랑카의 시기리야에 가기 전에는 남편이 다큐멘터리를 찾아서 보여주었다. 세계 8대 불가사의로 불리고 죽기 전에 꼭 봐야 할 세계 역사 유적 중 하나로 꼽히는 곳. 수 세기 전 암벽 위에 만들어진 고대 도시에 관한 이야기였다. 이 도시는 흔적만 남기고 오래전 역사 속으로 사라졌고, 당시에는 바위를 깎아 만든 거대한 사자의 입을 통해 성안으로 들어갔다고 하나 천 년이 지난 지금은 사자의 발톱 부분만이 남아 있다. 여행을 떠나기 전 이 다큐멘터리를 보고, 아빠에게 시기리야에 얽힌 이야기를 들은 얼이는 기대에 부풀었다.

스리랑카에서도 기차와 버스와 툭툭을 몇 번이나 갈아타고 도착한 시기리야는 드넓은 땅 한가운데 솟아 있었다. 뙤약볕 아래를 걷고, 1,200여 개가 넘는 좁고 가파른 계단을 올라야 했다. 그런데 시기리야를 오르는 내내 얼이는 "사자 발톱~ 사아자~ 발~톱~" 하는 노래를 만들어 흥얼거리며, 내게 자기가 들었던 사자에 관한 이야기를 계속해서 들려주었다.

"엄마, 저 위에 올라가면 사자 발톱이 있대! 지금은 없어졌지만, 예전에는 엄청 커다란 사자가 있었대. 정말 신기하지?!"

그 높은 바위산을 오르는 동안 지치지 않았던 얼이는 마침내 사자 발톱을 만나자 탄성을 질렀다.

감정이란 절대적인 것이 아니어서 각자 가지고 있는 서사에 따라 각기 다른 감동의 순간을 맞이한다. 나름의 감격이 여행 곳곳에 존재한다. 그래서 우리는 여행을 떠나기 전 우리가 좋아하는 이야기들을 그러모아 가방에 담는다. 그림과 영상과 음악으로 짐을 꾸린다.

여행을 떠날 때, 준비과정에는 아이를 참여시키지 않고, 막상 여행지에서는 아이가 좋아하는 곳 위주로 다니는 경우가 많다.

Sigiriya, Sri Lanka

아이는 나의 생각과 기대보다 훨씬 더 여행을 누리고 즐길 줄 안다. 얼이도 자라면서 자기 의견과 주장, 선호와 취향이 점점 더 또렷해지고 있다. 이제는 능동적으로 함께 여행을 만들어간다. 적극적으로 책과 영화를 찾아보고, 가고 싶은 곳을 정하고, 준비도 함께한다. 자기가 만들어가고 참여하는 여행은 감동도 흥미도 커질 수밖에 없다.

아빠가 골목에 멈춰 사진을 찍을 때는 곁에서 눈높이에 피어 있는 꽃을 찍고, 엄마와는 나란히 앉아 티타임을 음미하고, 서점의 그림책 코너를 탐험하면서, 아이도 아이 나름의 방식으로 여행을 즐기는 법을 배워간다.

지인들이 스리랑카가 어땠는지 묻길래 들려주었다.
어린 바다거북과 아기 코끼리를 돌보는 나라에 대해서.
아이에게 자리를 내어주고, 길고양이를 보살피는 사람들에 관해서.

8 좋은 나라

콜롬보 시내에서 시장에 가려고 툭툭에 오르던 참이었다. 좁은 뒷자리에 우리 세 명이 나란히 앉아야 하니 내가 제일 먼저 올라타 구석에 몸을 바짝 붙였다. 그리고 툭툭에 오르는 얼이의 손을 잡고 자리에 앉혀주었다. 그러던 와중에 팔에 걸고 있던 가방이 반대편 창문 밖으로 빠져나간 모양이었다. 갑자기 누군가가 나를 톡 건드리기에 놀라서 쳐다보니, 반대편으로 지나가던 다른 툭툭 아저씨가 내 가방을 안쪽으로 넣어주면서 위험하니 조심하라고 했다. 그러고는 고맙다는 대답을 하기도 전에 가던 길을 달려 사라졌다.

Kosgoda, Sri Lanka

가방에는 카메라와 현금은 물론 온갖 자질구레하고 소중한 것들이 들어 있었다. 거대한 호의가 너무나 아무렇지 않게 다가왔다가 별 게 아니라는 듯 금세 사라졌다.

그렇게 도착했던 시장은 어땠더라. 얼이가 고양이를 보고 손을 흔들며 인사하니까, 노점에 앉아 계시던 할아버지께서 상자 안에서 놀고 있던 아기 고양이들을 얼이에게 소개해주셨다. 시장을 둘러보는 동안 얼이는 고양이를 볼 때마다 인사했고, 이런 일들이 두어 번 반복되었다. 곳곳에 무심하게 놓여 있던 바구니에서, 혹은 해진 종이상자에서 고양이가 나왔다. 그제야 나는 이곳에 어린 고양이가 많이 살고 있고, 그 고양이들이 하나같이 누군가의 돌봄 아래 있다는 것을 알아챘다.

스리랑카에서 우리는 여덟 개가 넘는 도시를 여행했다. 그 중에 코스고다가 있었다. 코스고다에 가기 위해서는 기차를 타야 했다. 콜롬보 기차역은 사람이 많았다. 사람으로 가득한 역, 그리고 천천히 들어오는 낡고 빛바랜 기차. 마치 영화의 한 장면 같았다.

콜롬보에서 코스고다로 가는 기차에도 믿기지 않을 만큼 많은 사람이 탔다. 아, 이 영화의 장르는 전쟁영화인가? 피난 장면에 가까운 풍경이었다. 스리랑카의 기차들은 문과 창문을 모두 열고 달린다. 통로를 메우다 못해 밀려 나온 사람들이 문까지 매달려 있고, 미처 오르지 못한 짐들은 창문을 통해 기차에 실렸다. 그리고 우리도 그 기차에 탔다.

몸을 가누기가 힘들 만큼 빼곡한 사람들 틈에서 나는 적잖이 당황했다. 조그만 얼이는 보이지도 않아 가려질 것 같았다. 곁에서 내 손을 잡고 있는 얼이가 괜찮을까 생각하던 찰나, 거짓말처럼 우리 앞으로 공간이 벌어졌다. 아이를 발견한 사람들이 누구라고 할 것 없이 자연스럽게 자리를 만들었다. 그리고 얼이를 그 틈에 앉혔다. 모두 익숙하고 당연하다는 듯 비좁고 불편한 자리를 받아들이고, 다른 사람의 커다랗고 무거운 짐을 자신들의 무릎 위에 올려놓았다.

그 후 숱하게 많은 기차와 버스를 타면서 이것이 스리랑카에서는 일상의 풍경이라는 것을 알게 되었다. 콜롬보를 출발해 코스고다로 가는 기차 안에서 얼이는 옆자리의 아저씨에게 기대어 잠이 들었다. 이런 일은 반복되었다. 혼잡한 기차 안에서 한 아주머니는 내 아이를 자신의 아이 곁에 앉혔고, 얼이는 버스

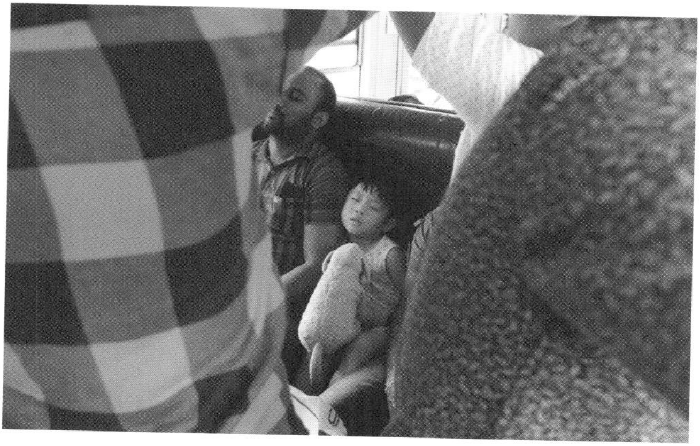

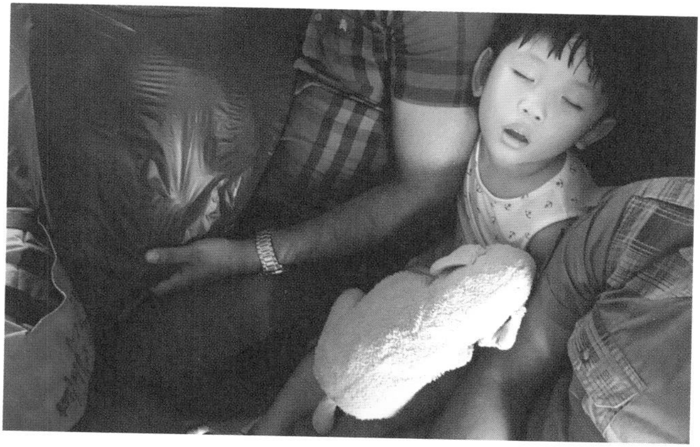

Colombo, Sri Lanka

안에서 처음 만난 형아가 나눠주는 도시락을 함께 먹었다.

코스고다에 간 이유는 단 한 가지, 바다거북을 보기 위해서였다. 바닷가에 위치한 작은 규모의 센터에서는 바다거북의 알을 안전하게 보호하고, 아기 거북들이 태어나 어느 정도 자라면 다시 바다로 돌려보내는 일을 하고 있었다.

스리랑카에 가기 전, 우리는 이에 관한 짧은 영상을 한 편 보았다. 어두운 밤 해변에 풀어놓은 작은 생명들이 꼬물대며 본능적으로 바다를 향해 달려갔다. 그 순간을 함께하던 사람들이 작은 소리로 쏟아내는 경탄이 화면 너머의 우리에게도 울컥 밀려왔다.

이곳에는 어린 거북 외에 나이 많은 거북도 있었다. 얼이만큼 커다란 그 거북은 바닷물로 채워진 수조에서 한쪽 다리로 유유히 헤엄을 치고 있었다. 기형으로 태어나 스스로 바다에서 살아갈 수가 없어서 그곳에서 지내고 있다고 했다. 스리랑카에는 이런 바다거북을 위한 센터가 여러 곳 있다.

여행을 마치고 돌아와서, 지인들이 스리랑카가 어땠는지 묻길래 이런 이야기들을 들려주었다. 어린 바다거북과 아기 코끼리를 돌보는 나라에 대해서. 아이에게 자리를 내어주고, 길고양이를 보살피는 사람들에 관해서.

챙겨갔던 자물쇠는 스리랑카를 여행하는 내내 가방 속에서 꺼내본 적도 없다. 기차에 물건들을 턱턱 올려놔도 아무것도 잃어버리지 않았다. 오히려 무거운 짐을 들고 있으면 들어주겠다며 손을 내밀고 옆자리를 비워주었다. 모르는 사람에게도 먼저 인사를 건네고, 함께 웃으며 사진을 찍었다.

이런 이야기를 했더니, 듣고 있던 한 언니가 말했다.

"스리랑카는 선진국이네."

버스도 기차도 창문과 문을 모두 열고 달린다. 풍경이 지나가고, 사람들이 들어온다. 보호가 필요한 연약한 존재에게 안전하고 행복한 나라가 거기에 있었다. 투박하지만 자연스럽고, 제멋대로인 것 같지만 편안하다.

'신드바드의 모험' 이야기에 등장하는 보물섬의 배경이 바로 스리랑카라고 한다. 마르코 폴로는 『동방견문록』에서 스리랑카를 "세상에서 가장 아름다운 섬"이라고 말했다. '우연히 만난 뜻밖의 기쁨'이라는 의미의 '세렌디피티'라는 단어의 어원은 세렌

디브, 스리랑카의 고대 이름에서 유래했다. 그들은 모두 이 나라에서 나와 같은 것을 발견했을까?

Ella, Sri Lanka

Ella, Sri Lanka

서로의 취향이란 너무나 명확해서,
서로의 커피를 권하거나 맛보는 일도 없다.
하지만 우리는 함께 각자의 커피를 음미하는 시간을 사랑한다.

8

쓰고 달고 차고 더운 커피

부부는 비슷한 사람들이 만나야 할까?

아니면 서로를 채워줄 수 있게 다른 사람들이 만나야 할까?

남편과 나는 참 다르다. 남편과 그렇게 오랫동안 가까운 친구로 지냈는데, 그때는 왜 그렇게 우리가 공통점이 많다고 생각했는지 지금 와서 돌아보면 모를 일이다. 그 시절 우리는 무엇을 하든 잘 맞고 무엇을 함께해도 좋은 친구라고 생각했다. 그러나 남편과 친구가 아닌 연인이 되면서 비로소 우리가 하나부터 열까지 도무지 교집합이라고는 없는 다른 사람임을 알게 되었다.

둘 다 책을 좋아하지만 읽는 책은 전혀 다르다. 결혼하면서 각자 엄청난 양의 책을 가지고 왔는데, 그 수많은 책 중에서 겹치는 책이라고는 한두 권이 전부였다. 서점과 도서관에 가는 것을 좋아하지만, 들어서는 순간부터 서로 다른 서고에 머물면서 책을 고른다.

음악도 마찬가지다. 클래식을 사랑하는 남편과 달리 나는 트렌디한 곡들을 주로 듣는다.

여행은 말할 것도 없다. 우리의 여행지가 도시와 휴양지, 오래된 곳과 새로운 곳, 북적이는 곳과 고요한 곳을 넘나드는 것은 우리가 가고 싶어 하는 목적지가 너무나 다르기 때문이기도 하다.

사진은 또 어떤가 하면, 둘 다 같은 회사에서 나온 카메라를 사용하고 있는데도 세부 설정부터 주로 촬영하는 피사체나 구도가 너무 달라서 아무리 한 폴더 안에 섞여 있어도 서로의 사진을 바로 구분해낼 수 있다.

우리의 다른 취향을 또렷하게 보여주는 것 중 또 하나가 커피다. 둘 다 카페를 좋아하고 커피를 사랑하지만, 카페에서 커피를 주문하면 항상 극명하게 대조되는 잔 두 개를 받아 든다. 작은 컵에 담긴 뜨겁고 진한 에스프레소와 컵 위로 크림이 듬뿍 올라간 차갑고 달콤한 프라푸치노나 캐러멜 마키아또.

우리는 밥 먹을 때조차 식성이 다른데, 항상 차고 개운한 맛의 음식을 좋아하는 남편은 커피를 마실 때면 한여름에도 에스프레소를 주문한다. 반대로 아무리 더워도 음식은 뜨겁고 매콤한 걸 좋아하는 나는 한겨울에도 차갑고 크림과 시럽이 들어간 커피를 고른다. 그래서 우리의 커피잔은 늘 작고 크고, 뜨겁고 차갑고, 쓰고 달다.

이렇듯 서로의 취향이란 너무나 명확해서, 공유할 수도 공감할 수도 없다. 서로의 커피를 권하거나 맛보는 일도 없다. 하지만 우리는 함께 각자의 커피를 음미하는 시간을 사랑한다.

각자 좋아하는 다른 것을 즐겨도 좋다. 상대방을 바꾸거나 변화시키려고 하지 않는다. 애초에 그것은 불가능에 가깝다. 내가 에스프레소를 마시거나 남편이 내 캐러멜 마키아또를 맛본다면 둘 다 단번에 괴로워질 것이다. 우리는 그저 한 공간에 마주 앉아 자기가 좋아하는 것을 즐긴다. 서로에게 자신을 강요하지 않고 내 앞에 놓인 잔을 맛보면서 대화와 휴식으로 우리를 한데 묶는다.

COSTA

Coffee

이러한 연유로 평소에도 함께 여행할 때도, 우리는 자주 커피를 마시고 티타임을 갖는다. 그러나 여행은 특별하기에, 우리가 같은 커피를 마시는 순간도 찾아온다.

샌프란시스코에는 매력적인 카페들이 많다. 남편은 블루보틀에 매일 들러 에스프레소를 마셨고, 우리가 유독 좋아했던 노스비치의 이탈리안 카페도 있었다. 그러다 그 유명한 민트 모히토 커피를 마시려고 필즈커피를 찾아갔다.

그날은 이미 여러 잔의 커피를 마셨던 터라, 어떤 맛인지 궁금했던 나는 남편의 커피를 맛만 보겠다고 했다. 커피는 차가웠고 얼음 위로 신선한 민트 잎이 올려져 있었다. 한 모금을 마셨다. 그리고 곧바로 카운터로 가서 커피를 한 잔 더 주문했다.

묘하고 신기한 맛이었다. 커피 본연의 묵직한 맛에 자극적이지 않은 은은한 단맛이 번지고 민트가 상쾌하게 후각과 미각을 채워주었다. 우리는 처음으로 나란히 같은 컵을 들고 같은 커피를 마셨다.

그러한 경험은 베트남에서도 이어졌다. 이 뜨거운 나라에서도 우리는 같은 커피를 마셨다. 메뉴도 고민하지 않았다. 선택이랄 게 없었다. 베트남에서는 으레 식사를 마치고 나면 얼음이 가득한 잔에 연유를 듬뿍 넣고 진하게 내린 커피 쓰어다를 마셨다.

김이 모락모락 나는 쌀국수를 먹고 나서 둘이 똑같은 커피를 주문해서 같은 온도와 맛을 즐기는 것은 기분 좋은 경험이었다. 여행에서 돌아온 후에도 우리는 아주 무더운 날이면 베트남 커피를 파는 카페를 찾아가서 이 차갑고 진하고 달콤한 커피를 마시곤 했다.

하지만 여전히 많은 날의 우리는 다른 커피를 주문한다. 세계에서 가장 커피를 많이 마시는 나라 핀란드의 헬싱키를 여행할 때 우리는 골목마다 자리 잡은 감각 있는 카페에서 하루에도 몇 번씩 에스프레소와 아이스라테를 즐겼다. 케냐 나이로비에서는 현지에서 생산된 케냐 AA로 내린 커피를 맛보기도 하고, 헝가리 부다페스트에서는 세상에서 가장 아름다운 카페라고 불리는 뉴욕카페에서 살구잼을 곁들인 치즈 케이크와 거품이 소복이 올려진 커피를 마시며 야경을 기다렸다. 우리의 여정에 드문드문 놓인 커피잔으로 우리는 여행을 지속할 힘을 얻었다.

서로 다른 우리가 함께 여행을 한다. 나는 지도를 잘 읽지 못한다. 엄청난 방향치이기도 하다. 길을 가다가 가게에 들어갔다

Helsinki, Finland

나온 후에 방향을 못 잡는 사람이 길치라고 하던데, 그게 바로 내 얘기다. 나고 자란 서울 시내에서도 종종 길을 잃고, 운전을 10년 넘게 해도 내비게이션을 잘 못 봐서 매번 헤맨다. 혼자 여행을 하면서 길에서 허비한 시간은 다 헤아릴 수조차 없다. 그러나 이제는 마음 편히 여행한다. 지도를 아주 잘 읽고 심지어 그것을 즐기는 동행과 함께하기 때문이다.

남편은 폭풍 친화력의 소유자다. 툭툭을 타고 가다 내릴 때 즈음이면 툭툭을 운전하는 분의 가족관계부터 근황, 때로는 그 동네 최근 소식까지 알게 된다. 모로코 기차 칸에서는 처음 보는 사람들과 아랍어 교실이 벌어졌다. 낯을 가리는 나와 달리 스스럼없이 다가가고 친근감 있게 사람을 대한다. 그런데 남편은 나보다 전문적인 영어를 훨씬 잘하면서도 지역에 따른 다양한 억양은 알아듣지 못하고 놓칠 때가 종종 있다. 순발력이나 융통성이 필요한 실생활 대화에서는 내가 더 금방 알아듣고 빠르게 이해한다. 덕분에 내가 귀 역할을 할 때가 많다. 툭툭 아저씨가 하는 말은 중간중간 내가 남편에게 알려준다. 대화는 부드럽게 지속된다.

에스프레소를 좋아하는 것은 본질을 중요시하는 남편의 성정

과도 닮은 구석이 있다. 그가 사려 깊고 진중하다면, 나는 삶에 고여 있는 쓴맛을 다독이고 부드럽게 넘기는 것을 잘 해낼 수 있다.

둘이 섞일 필요는 없다. 데일 듯 뜨거운 커피도 가슴속까지 차가워지는 커피도 다 좋지만, 미지근한 커피는 맛이 없다. 내가 에스프레소를 마시지 못하고, 남편이 시럽과 크림이 들어간 커피를 좋아하지 않아도 상관없다. 우리는 여전히 각자 좋아하는 맛과 온도의 커피를 주문한다.

Galle, Sri Lanka

Galle, Sri Lanka

Sankt Peterburg, Russia

어느 저녁, 셋이서 길을 걷다가 문득 남편에게 물었다.
"여보야, 칸트의 행복론 세 가지가 뭔지 알아?
행복해지려면 이 세 가지가 있어야 한대."
잠시 곰곰이 생각하던 남편이 대답했다.
"너, 나, 열."
남편의 대답에 행복해져서 한참을 웃었다.

진짜 칸트의 행복론 세 가지는,
누군가를 사랑할 것,
할 일이 있을 것,
희망을 가질 것.
그런데 아무래도 여보 말이 정답인 것 같아.

그것이 시작이었다.

생생하게 반짝이는 런던을 다시 만난 것은.

8

무엇이 좋은 여행을 만드는 걸까

시선이 중요하다는 것은 내게 첫 카메라가 생겼을 때 알게 되었다. 대학교 1학년, 우연히 같은 과 언니의 디지털 카메라를 보고 나서 처음으로 어떤 물건에 푹 빠져버렸다. 과외와 학원강사 아르바이트를 해서 당시에 막 출시되었던 손바닥만 한 작은 디지털 카메라를 끝내 구입했다. 카메라는 졸업식 날 아빠 손에만 들려 있는 것인 줄 알았던 나에게 완전히 새로운 세상이 열리던 순간이었다.

무려 8메가짜리 메모리 카드가 들어가는 그 작고 묵직한 은빛 디지털 카메라에는 그보다 더 작은 액정이 달려서 사진을 찍

Kraków, Poland

고 난 후 내가 조금 전 작은 사각형 안에 가둔 이미지들을 바로 그 자리에서 확인해볼 수 있었다. 와, 세상에 이렇게 놀라운 물건이 있다니!

그렇게 사진에 빠지게 되고, 다음 학기에 사진 수업을 들으면서부터는 할아버지께서 쓰셨던 아주 오래된 필름 카메라로 사진을 찍기 시작했다. 그 후로 나의 일상에는 늘 카메라가 함께 했다. 휴대전화를 깜빡하고 두고 나간 적은 종종 있어도 카메라는 잊지 않았다. 글을 쓰고 그림을 그리는 것이 일상이자 오랜 습관이었던 나는 이제 사진으로도 기록을 시작했다.

클래식 폴라로이드에도 한동안 빠져 있었다. 영화와 광고에 등장해 더욱 유명해진 SX-70은 금속과 가죽으로 만들어져 크고 투박하고 무겁지만, 그것 외에는 다른 어떤 것도 담을 수 없는 사진들을 남겨주었고 그 자체만으로도 멋스러웠다. 스위스 루체른의 한 벼룩시장에서 머리가 새하얀 할아버지께 그 카메라를 산 이후, 혼자서 유럽을 여행하는 내내 한쪽 어깨에는 커다란 DSLR 카메라를, 다른 쪽에는 그 오래되고 묵직한 폴라로이드를 메고 다녔다. 석 달 가까이 겨우내 운동화 한 켤레만 닳도록 신고 다닌 여행이었지만 가방에는 늘 폴라로이드 필름이 달그락 소리를 내며 담겨 있었으니 나는 가난하지 않았다.

카메라를 가지고 하는 여행은 나의 시선을 바꾸어주었다. 아직도 선명하게 기억난다. 대학교 1학년, 햇살이 부서지던 어느 오후, 수년간 날마다 오가던 집 앞 작은 골목을 걸어가는데 마치 낯선 도시로 여행이라도 떠나온 듯 눈길 닿는 것마다 생경하고 새삼스레 아름다워서 걸음마다 길을 멈추고 사진을 찍었다. 아, 저기에 가로등이 있었구나. 저 빛바랜 담벼락은 저렇게 근사한 빛깔이었구나. 이 시간의 나뭇잎이 이런 그림자를 만들어내는구나. 시선이 닿는 곳마다 무엇 하나 특별하지 않은 것이 없었다. 모두 잘라내어 작은 사각형 안에 담으면 그대로 작품인 듯했다. 그날이 나의 첫 카메라를 산 날이었다.

마음이 중요하다는 것은 두 번째 찾아간 런던에서 알게 되었다. 런던은 어릴 적부터 내가 막연히 동경했던 도시였다. 거듭된 단단한 상상 속에서 세련된 풍경과 빛나는 화려함으로 쌓아올렸던 도시는 막상 런던에 도착하자 축축한 비와 차갑고 음울한 안갯속으로 사라졌다. 혼자서 런던에 머무는 내내 부슬비가 왔고, 겨울의 런던은 오후 세 시쯤이면 해가 지기 시작해 온통 어두워졌다. 역과 가깝고 싸다는 이유로 골랐던 숙소는 불편하고 눅눅하고 지저분했다. 물가는 비싸고, 발음은 알아듣기 어렵고, 모든 것이 불친절하게 느껴졌다. 한 켤레뿐인 얇은 운동화는 날마다 진흙탕에 젖었고, 가져온 옷을 모두 꺼내 입고도 매서운 추위에 웅크리고 걸었다. 빅 벤의 불빛은 비에 번져 잘 보이지 않았다. 그렇게 런던을 떠나던 날, '안녕 런던. 우리 다시는 만나지 말자.' 하고 일기에 썼던 기억이 난다.

하필이면 마지막 날 공항으로 가는 차 안에서 하늘을 올려다보니, 일주일 만에 날이 개고 구름 사이로 햇살이 비치기 시작해서 괜히 마음만 더 괘씸해졌다. 떠나는 게 조금도 아쉽지 않았다.

몇 년 후, 동생과 다시 런던에 갔다. 그다지 내키지 않았지만, 유럽이 처음이었던 동생을 위해 끼워 넣은 일정이었다. 저녁 느지막이 런던 시내에 도착해서 숙소에 짐을 풀고 둘이서 밤거리라도 잠깐 둘러볼 겸 걸어 나왔다. 그 순간, 동생이 불을 밝히고 지나가는 빨간 이층 버스를 보고 탄성을 질렀다. 그것이 시작이었다. 생생하게 반짝이는 런던을 다시 만난 것은.

때는 여름이었고, 저녁을 먹고 산책을 즐긴 뒤 차까지 한 잔

씩 마시고 난 후에야 느긋하게 노을이 드리워지는 찬란한 계절이었다. 숙소는 소박하지만 깨끗했고, 앞에서는 보이지 않았지만 안쪽에 작은 정원이 있었다. 런던의 박물관은 모두 무료여서 우리는 날마다 좋아하는 박물관을 다니며 시간을 보냈다. 시장에 가면 활기가 넘쳤고, 골목이나 거리만 걸어도 도시 곳곳에 세련미가 있었다.

내 기억 속의 런던은 다시금 생기 있게 되살아났다. 그 모든 것의 가장 큰 차이는 날씨도 아니고, 계절도 아니었다. 그것은 바로 내가 다른 사람과 함께하고 있다는 것이었다. 어느덧 감흥을 잃어버린 내게 모든 것에 즐거운 탄성을 지르는 법을 다시 알려준 누군가와.

위축되고 고단해서 여유가 없었던 움츠린 마음이 아닌 눈앞에 펼쳐진 모든 풍경과 주어진 상황에 감탄하고 감동할 준비가 된 마음. 여행을 바꾸는 것은 마음이었다.

함께하는 사람이 중요하다는 것은 남편과 여행을 하며 알게 되었다. 처음으로 여름 휴가를 휴양지에서 보내기로 하고 준비했던 여행이었다. 남편의 휴가는 8월 첫 주로 매년 고정되어 있어서, 덕분에 극성수기에 여행을 떠나느라 우리는 해마다 높은 비용을 치러야 했다. 예약하는 것도 만만치가 않았다. 고심 끝에 우리는 필리핀 보홀섬으로 떠나기로 하고, 마음에 꼭 드는 리조트까지 찾아서 결제를 마쳤다. 여행을 많이 다녀보긴 했지만, 휴양지로 떠나는 것은 우리 둘 다 처음이었다.

드디어 휴가가 시작되는 날, 기대와 설렘 속에 수많은 인파로 북적이는 공항을 출발해서 필리핀에 도착했다. 밤늦게 도착한 세부 시내에서 잠을 자는 둥 마는 둥 하고 새벽같이 일어나 곧바로 보홀섬으로 들어가기 위한 페리를 타러 항구로 향했다.

그런데 이게 웬걸, 하늘은 맑은데 파도가 높아서 배가 뜨지 못한다고 했다. 생각지 못한 일이라 당황스러웠지만 별다른 대안이 없었다. 몇 시간 후에 다시 와보라고 하길래 우리는 아무것도 없는 항구 근처를 무거운 캐리어를 끌고 헤매다가 대충 식사를 때우고 다시 터미널로 돌아와 기다렸다. 푸르스름한 새벽에 도착한 항구에는 어느덧 해가 떠올라 땅에서 이글이글 열기가 올라오기 시작했다. 햇빛은 타는 듯이 뜨겁고, 땀이 줄줄 흘러내려 머리카락이 달라붙은 얼굴은 엉망이 되었다. 바람 한 점 없이 후덥지근한 공기 속에 옷은 끈적이며 다리에 달라붙었다.

그렇게 몇 시간을 기다렸지만 다시 배편이 취소되었고, 또 몇 시간을 더 기다려보라고 했다. 그 후로도 몇 시간, 또 몇 시간. 시간은 흐르고 햇빛을 피할 마땅한 그늘도 없고, 짐은 여전히 무겁고, 배가 떠날 거라는 기약도 없었다. 설상가상으로 직원들에게 물어보니 배가 취소된 게 오늘만이 아니라며, 며칠째 파도가 높아서 보홀로 가는 페리가 뜨지 못하고 있다고 했다. 그건 어쩌면 당장 오늘만이 아니라 내일도 모레도 배가 갈 수 있을지 확실치 않다는 이야기였다.

상황이 거기까지 이르자 나는 부아가 치밀어 오르기 시작했다. 벌겋게 달아오른 얼굴이 열기 때문인지, 엉클어진 마음 때문인지 알 수가 없었다. 큰마음 먹고 예약한 리조트의 숙박은 이미 하루 치가 날아갔고, 1년에 단 한 번뿐인 소중한 여름 휴가를 이글대는 태양이 내리쬐는 아스팔트 바닥에서 땀범벅이 된 채 하루나 써버렸다는 생각에 머리끝까지 화가 났다.

마침내 그날의 모든 배편이 취소되었다는 공지가 붙었다. 우리는 커다란 캐리어와 함께 덩그러니 해가 저물기 시작한 항구에 서 있었다. 둘 다 필리핀은 처음이었고, 당장 오늘 저녁 지낼 곳도 없었다. 내일과 모레가 어떻게 될지 막막했다. 속이 부글 부글 끓었다. 그런데 그 와중에 내내 웃음을 잃지 않는 사람이 있었으니, 남편이었다.

항구 앞 매표소에서 배편을 기다리는 수많은 사람들 틈에 뒤엉켜 있을 때도, 무거운 짐을 들고 여기저기 뛰어다녀야 했을 때도, 결국 모든 일정이 취소되어 다급히 그날 묵을 숙소를 찾아 다시 시내로 이동할 때까지, 남편은 내내 평소처럼 내게 장난을 치고 웃으며 말을 걸었다.

번화가에서 떨어진 골목 작은 호텔에 간신히 도착해서 가까스로 짐을 풀고 늦은 저녁을 먹었다. 우리는 호텔 정원에 있는 테라스에 앉았다. 조금 누그러진 듯한 내 표정을 본 남편이 내게 말했다.

"나는 여보랑 함께 있으니까 배를 놓쳐도 길을 잃어도 다 재미있었어."

바람이 불기 시작했다. 그제야 호텔 마당 곳곳에 떨어져 있던 열대의 꽃향기가 났다. 여행은 어디를 가느냐보다 누구와 함께 하는가가 더 중요하다는 말이 그 순간에 머리에서 가슴으로 내려왔다.

그리고 진심으로, 설령 휴가 기간 내내 배편이 취소되어 우리가 끝내 그 섬에 갈 수 없다고 해도 상관없겠다는 생각이 들었다. 여행에서 중요한 건 그게 아니었다. 목적지에 도착하지 못해도 괜찮은 거였다.

이것만으로도 해피엔딩은 충분하지만 뒷이야기를 전하자면, 그 여행은 진정 완벽한 여행이었다. 다음 날 새벽, 며칠 만에 보홀로 향하는 페리가 드디어 출항했고, 우리는 배를 타고 섬으로 들어갔다. 한동안 배가 끊겼던 탓에 예약이 모두 취소되는 바람에 우리가 찾아간 리조트에는 우리 두 사람이 유일한 손님이었다. 리조트 측에서는 지내지 못했던 하룻밤 대신 우리 숙소를 리조트에서 가장 좋은 곳으로 바꾸어주겠다고 했다. 그 방은 우리가 꼭 머물고 싶었지만, 이미 예약이 되어 있어서 포기했던 바로 그 방이었다.

무엇이 좋은 여행을 만드는 걸까?

어디를 가고 무엇을 하든, 중요한 것은 그게 아니라, 우리의 눈과 마음을 열고, 사랑하는 이의 손을 잡고 떠난다면 그것으로 충분한 것임을 거듭되는 여행 속에서 이제 조금은 알 것 같다.

Budapest, Hungary

오래전의 고백으로, 까마득한 포옹으로,

오늘을 살아갈 수 있는 꽃은 없다.

8
꽃

긴 여행의 마지막 즈음이었다. 남편이 내게 이번 여행에서 가장 좋은 순간이 언제였는지 물었다.

우리는 상트페테르부르크에서 며칠을 보내고, 크루즈를 타고 핀란드 헬싱키로 넘어갔다가, 동화 속으로 걸어 들어간 듯했던 탈린에서 여유로운 시간을 보내고 다시 국경을 넘어 상트페테르부르크로 돌아와 있었다. 꽉 찬 여정이었다.

남편이 그토록 바라던 도스토옙스키의 생가에 가고, 얼이와 나는 마티스의 그림 앞에서 춤을 추었다. 헬싱키의 디자인 브랜드 매장에는 전공 수업 시간에 보던 북유럽 가구들이 곳곳에 놓여 있었다. 시장과 서점을 둘러보고, 마음에 꼭 드는 물건들을 샀다. 브런치를 먹고, 공원에서 낮잠을 잤다. 좋았던 순간을 다 헤아리기가 어려울 만큼 벅찬 시간을 보냈던 참이었다.

그 모든 날 중에서 내가 언제 가장 행복했는지 남편은 궁금해 했다. 나는 길게 고민하지도 않고 대답했다.

"응. 여보한테 꽃을 선물 받았을 때."

여행 중 주방이 있는 숙소에 묵을 때면, 장을 봐서 남편이 아침 식사를 준비하곤 한다. 그날은 얼이가 일찌감치 잠이 들었고, 내가 쉬고 있는 동안 남편이 혼자 동네를 둘러볼 겸 다음 날 아침을 위한 식재료를 사러 나갔다.

어느 정도 시간이 지났을까. 문소리가 나서 고개를 들어보니, 돌아온 남편의 손에는 소박하게 포장된 꽃이 한 송이 들려 있었다.

배우자는 꽃 같은 존재다. 있어주는 것만으로도 충분하다. 무언가 보탬이 되고 도움이 되어서가 아니라, 존재만으로도 어여쁘고 기쁜 사람.

그 사람이 얼마나 가지고 있고, 어떤 일을 하고, 무언가를 주기 때문이 아니라, 그 사람 자체가 의미가 된다. 내가 아무것도 하지 않고, 있는 모습 그대로 있어도 그는 나를 사랑한다. 남편을 둘러싼 모든 것이 사라지고 달라진대도 나는 그를 사랑한다. 서로의 존재 자체가 가치이고, 필요와 쓸모의 전부라는 것이 관계에 오히려 견고한 안정감을 준다. 이러한 확신이 가진 것 없고, 곤고하고 무력한 날을 지나갈 때도 우리를 위로한다.

무용한 것을 선물 받는 기쁨이 있다. 사람의 마음이 어디에 있는가를 알고 싶으면 그 사람이 어디에 돈과 시간을 쓰는지 보면 된다. 마음이란 묵직해서, 놓여 있는 쪽으로 기울어 모든 것이 절로 흘러간다. 사랑은 아끼지 않는다. 우리는 사랑을 분별하고 알아볼 수 있다.

삶을 잠시간 비추는 빛과 향기에 기꺼이 값을 치르는 마음에 고마워진다. 아름다움을 알아보고 그 가치에 대가를 지불하고 사랑을 표현하는 일은 실용과 합리로는 가늠하고 헤아릴 수 없다. 사랑이 효용이 아니라는 사실이 우리를 만족시킨다. 숨 쉴 때마다 향긋하고 주위를 온통 환하게 만든다.

남편은 내게 항상 그가 줄 수 있는 최선을 준다. 그가 나에게 최선을 준다는 것은 아주 작은 것만 봐도 알 수 있다. 그 밤의

Warszawa, Poland

그는 한 송이의 꽃이 내게 위안이 될 것을 알았으리라. 그가 그 순간 내게 줄 수 있는 최선이 그 꽃이었음을 나는 안다.

남편과 나는 친구였고, 오랜 시간 엇갈리고 먼 길을 돌아 연인이 되었다. 우리는 사계절이 바뀌는 동안 연애를 하고 1년 하고 일주일이 되던 날 결혼했다.

연애를 하는 그 1년 동안 남편은 하루도 빠짐없이 퇴근 후에 나를 데리러 왔다. 당시 남편의 직장과 집은 차로 10분 내외의 거리였는데, 일을 마치면 어김없이 멀리 떨어진 나의 사무실로 달려와서 나를 우리 집까지 데려다주곤 했다. 당시 나의 디자인 스튜디오와 우리 집 사이의 거리는 왕복 40킬로미터가 넘었다. 차가 막히는 퇴근 시간이면 길 위에서만 두 시간이 훌쩍 지나갔다.

그렇게 날마다 꼬박 1년을, 벚꽃잎이 흐드러진 봄날뿐 아니라 비가 너무 많이 쏟아져서 와이퍼가 쉼 없이 움직여도 앞이 잘 보이지 않던 어느 여름밤에도, 폭설로 모든 길이 얼어붙었던 어느 겨울날에도, 다투거나 피곤하거나 아프거나 혹은 몸과 마음이 지쳐 손 하나 까딱하고 싶지 않은 날들도 분명 있었을 텐데,

그는 매일 저녁노을처럼 내게 왔다. 그 숱한 시간과 수고와 비용을 길에 쏟으면서 잠시라도 함께 있기 위해서. 그게 좋아서.

우리가 결혼한 후에도 그의 사랑은 한결같았다. 늦은 밤, 잠을 자다가도 부스럭 내가 빨래를 꺼내는 인기척이 들리면 눈을 비비며 나와서 한사코 마지막 빨래까지 모두 널고 다시 들어가 잠이 든다. 공기마저 서늘한 겨울밤, 씻고 나서 자려고 침대 곁으로 가면 남편이 내가 평소에 눕는 쪽에 먼저 누워 있다가 나를 보고는 이제 따뜻해졌으니 얼른 들어오라면서 자기는 차가운 쪽으로 가서 눕는다.

그가 나에게 주는 최선은 다이아몬드가 아니라, 내게 그 순간 필요한 무엇이고, 그가 그 순간 내게 줄 수 있는 가장 좋은 것이었다. 그래서 그 최선은 문자 메시지였다가, 호떡이었다가, 살을 발라낸 고등어였다가, 미뤄둔 설거지였다가, 손을 잡고 걷는 걸음이었다가, 꽃이 되었다.

그리하여 그의 사랑은 나의 삶에 일상처럼 여기저기 걸려 있다. 그의 사랑은 잠결에 나의 작은 뒤척임에도 이불을 고쳐 덮어주는 손끝에 있고, 내가 잠든 동안 깨끗하게 설거지한 그릇과 냄비 틈에도 포개져 있다. 그의 사랑은 늦은 밤 집에 돌아올 때

Helsinki, Finland

내게 주려고 들고 오는 비닐봉지 안에도, 이따금 아무 날도 아닌 날 건네주는 소담한 꽃다발과 빼곡히 적힌 편지 안에도, 일하는 틈틈이 걸려오는 전화 속에도 있다. 나란히 걸으며 자연스레 내 손을 감싸 넣는 재킷 주머니 안에도 그의 사랑이 들어 있다.

사랑하는 사람이란 꽃과 같아서 우리의 마음과 일상 속 가장 환하고 볕이 잘 들고 눈에 띄는 곳에 놓인다. 감출 수도 없고, 감추고 싶지 않고, 감춰지지도 않는 것이니, 우리가 누구를 사랑하는지 이내 모두가 알게 될 것이다.

나는 그가 나를 사랑한다는 것을 알았다. 그는 언제나 내가 알아들을 수 있는 언어와 방식으로 사랑했다. 사랑은 모호하거나 혼란스럽지 않다. 우리는 우리를 헷갈리지 않게 하는 사람을 사랑해야 한다.

식물학자 루터 버뱅크의 유명한 실험이 있다. 그는 선인장에 날마다 다정한 사랑의 말을 건넸다.

"아무것도 두려워하지 마. 너에게는 이제 가시가 필요 없어. 내가 너를 보살펴줄게."

그는 사랑을 한결같이 성실하게 표현하는 것만으로 '가시 없는 선인장'을 만들어내어 세상을 놀라게 했다.

예전 그 사랑 말고, 어제 그 사랑 말고, 오늘 갓 길어낸 사랑으로 서로를 채운다. 오래전의 고백으로, 까마득한 포옹으로 오늘을 살아갈 수 있는 꽃은 없다. 날마다 다정하고 사랑스러운 시선과 언어 속에서 나도 행복한 식물처럼 꽃을 피웠다.

Tallinn, Estonia

남편의 버킷리스트를 몇 가지 알고 있다.

전부 '여보랑 같이'로 시작하는 것들.

아무것도 부족하지 않고, 어느 것도 욕심나지 않는다.
전부 다 있어서가 아니라,
우리가 이미 가득 차 있으므로.

8

작은 집,
적은 짐

실물이 더 아름답고, 내면이 매력적인 사람. 도시를 사람에 비유하자면 바르샤바가 그랬다.

폴란드의 바르샤바는 직접 가보니 상상했던 것보다 훨씬 더 좋았다. 거리는 잘 정비되어 있고, 눈길 닿는 곳마다 세련되고 깨끗했다. 건물과 자연이 조화롭고 넉넉하게 배치되어 있었다. 구시가지에 들어서는 순간에는 말 그대로 감탄이 흘러나왔다. 2차 세계대전 이후 파괴된 도시를 바르샤바 시민들의 손으로 재건하여 세계문화유산에 등재되었다는 구시가지는 중세시대를 재현한 듯한 모습이었다. 막연한 상상 속 재색이었던 도시는 눈앞에서 견고한 담과 돌바닥 위로 선연하게 채색되었다. 안으로 들어갈수록 좋았던 바르샤바에서의 하이라이트는 우리가 예약한 숙소에 들어선 순간이었다.

우리는 구시가지에 있는 오래된 건물 꼭대기 층에 있는 집을 빌렸다. 차분한 색상의 두터운 현관문을 열고 들어가 얼마나 많은 사람이 오갔는지 반질반질하게 닳아 있는 돌계단을 올랐다. 철컥철컥 묵직한 자물쇠를 두어 번 돌려서 문을 열고 집에 들어섰는데, 와, 우리 셋 다 할 말을 잃었다.

고풍스러운 가구들로 채워진 거실 한쪽 벽에는 책이 가득 꽂혀 있고, 창문으로는 창밖의 나무 그림자 사이로 햇살이 스며들어 낡고 닳은 마루 바닥 위로 쏟아졌다. 집 안에 있는 것 중 세월이 묻어 있지 않은 것은 하나도 없었다. 벽난로와 전화기, 주방에 놓인 커피 그라인더와 가스 스토브, 책장에 꽂혀 있는 바랜 책들과 LP, 다락방에 놓인 사소한 살림살이 하나까지 세월에 가라앉은 빛을 하고 집과 맞춤인 듯 놓여 있었다. 볼수록 반했다. 위치도 좋았다. 1층에는 소박한 식당과 식료품 가게가 있고, 우리는 집 창가에 앉아서 구시가지에 지나가는 퍼레이드를 구경했다. 우리 셋은 이 오래된 집과 단박에 사랑에 빠졌다.

우리 집은 1960년대에 지어진 아파트다. 지어진 지 50년이 되어간다. 서울에는 이렇게 오래된 아파트가 열 채 남짓밖에 남아 있지 않다. 그마저도 해마다 줄고 있다. 드문드문 반상회를 할 때마다 재건축 이야기가 나온다. 재건축을 반대하는 집은 우리 집을 포함해 몇 집 없다고 했다.

캐나다에 있을 때 지내던 곳은 2층짜리 목조 건물이었는데 지어진 지 백 년이 넘은 곳이었다. 그 동네에서는 그다지 오래된 집이 아니었다. 얼이와 함께 여행을 다니면서부터는 에어비앤비를 자주 이용한다. 시내 중심가에 있어 접근성이 좋고, 오래되어 그 도시의 분위기가 물씬 배어 있고, 크지 않아 비용이 많이 들지 않는 곳을 고른다. 우리는 서울에서도 그런 집에서 산다.

지금 살고 있는 아파트를 처음 보러 왔을 때는 사실 좀 놀라긴 했다. 비어 있던 집은 마치 철거한 영화 세트장 같았다. 지어진 후 한 번도 고친 적이 없었던 공간은 아파트이면서도 묘하게 옛 주택의 구조를 가지고 있었다. 그런데 텅 빈 그곳에서 오히려 나는 우리가 원하는 대로 마음껏 우리만의 공간을 만들어볼 수 있을 것 같아 외려 마음이 설레었다. 남편은 워낙 세월이 묻

Warszawa, Poland

어 있는 장소를 좋아하니 더 말할 것도 없었다. 우리는 그 집이 마음에 들었다.

서울 시내 집값은 아무것도 없이 시작한 부부에게는 턱없이 버겁다. 하지만 서울만큼 크고 다양한 형태의 주거공간이 혼재되어 있는 도시도 많지 않다. 지금의 집은 결혼해서 우리가 모은 돈으로만 빚을 지지 않고 샀다.

인테리어 공사 견적을 내러 오셨던 업체 사장님은 이 아파트가 지어질 때부터 보셨다면서, 당시에 인부들이 자갈을 지고 날라 지었던 곳이라 오히려 다른 웬만한 곳보다 튼튼할 거라고 하셨다. 우리는 보일러와 싱크대, 창틀까지 다 뜯어내고, 벽과 방을 새로 만들고, 전기, 배관, 목공에 이르기까지 집의 내부를 다시 짓는 수준의 공사를 진행했다. 작은 조명 하나, 손잡이 하나, 타일 한 장까지 마음에 꼭 드는 것을 택했다. 하나부터 열까지 구석구석 우리만의 공간으로 공들여 만들었고, 공사가 끝난 뒤 새집으로 이사했다.

우리는 계절이 지날수록 이 집을 더 좋아하게 되었다. 인테리어 사장님의 말이 맞았는지 지금까지 몇 년간 살면서도 층간소음 문제도 없고, 여름에는 선선하고 겨울에는 따뜻하다. 결혼하고 처음 살았던 신혼집에서 내내 속을 썩였던 결로나 누수도 하나 없다. 관리비도 많이 들지 않고, 서울 시내 어디로 나가든 금방이다. 남산과 한강, 고궁과 쇼핑몰, 서점과 도서관, 하천과 산책로, 미술관과 박물관, 맛집과 카페, 병원과 마트가 가까이에 있다. 도심 속 작은 집에 사는 장점은 무수하다.

작은 집에 산다. 그것으로 충분하기 때문에.

셋이 옹기종기 뒹굴뒹굴할 수 있는 작은 집, 얼이와 함께 숨바꼭질을 할 수 있을 만큼 넓은 집에 살고 있다. 우리는 우리가 책임지고 만족할 수 있는 선택을 했다. 우리 집이 생기던 날, 우리 자신을 대견해하고 서로를 축하하며, 기뻐하고 감사했다. 함께 조금씩 만들어갈 수 있다는 게, 이루어갈 수 있다는 게 좋았다. 매년 결혼기념일마다 남기는 가족사진은 이제 집에서 찍는다.

잘 정돈된 브랜드 아파트에 사는 친구들 집에 다녀오면 와, 편리하다, 참 좋다 한다. 하지만 그것이 전부다. 어느 쪽으로 흐르게 할지 생각의 물꼬를 내는 것은 내 몫이다. 비교하거나 부러워하지 않는다. 유행하거나 비싼 것이 곧 내가 좋아하는 것인지는 생각해보아야 할 일이다.

우리는 우리가 좋아하는, 우리에게 잘 맞고 편안한 옷을 입었다.

여행이 그렇듯 살아가는 방식도 모두가 다르다.

여행을 떠나보면 우리에게 필요한 공간은 그리 크지 않다는 것을 알게 된다. 필요한 공간으로만 구성된 호텔 방은 우리 집보다 작을 때도 많다. 그렇게 효율적으로 구성된 공간에서 며칠을 보내다 보면 우리가 일상을 사는 데는 그다지 많은 공간이 필요치 않다는 것을 깨닫는다.

짐도 가능한 한 단출하게 싼다. 지금까지는 아무리 멀리, 오래 여행을 가더라도 우리 셋 모두의 짐을 캐리어 하나에만 담았다. 꼭 필요한 것만 남기고 계속 덜어내야 겨우 가방이 닫히곤 하지만, 짐가방 하나에 담긴 물건만으로도 늘 불편함 없이 지내다 온다.

모름지기 인생도, 여행도, 짐은 가벼운 것이 편하고 좋다. 평소에도 물건을 많이 가지고 다니지 않는다. 우리 여행은 이동이 많은 편이고, 여행 중에는 지치지 않고 안전하고 신속하게 이동하는 것이 중요하다. 우리 둘 다 각자 유럽 배낭여행을 해봤기에 '감당할 수 있을 만큼' 짐을 챙기는 것의 필요성을 잘 알고 있다. 더구나 여행지에서는 언제나 돌발 상황이 생길 수 있으니 직접 들고 바로 움직일 수 있는 규모의 짐을 가지고 간다.

더구나 얼이와 함께 여행하기 시작한 후로는, 적어도 우리 둘 중 한 명은 얼이의 손을 잡거나 유모차를 밀어야 했다. 그래서 우리는 어디를 얼마나 여행하든 항상 캐리어 하나에 짐을 꾸렸다.

유럽에 가거나 아프리카에 갈 때도, 섬에 있는 휴양지로 떠나거나 열흘이 넘는 여행을 떠날 때도, 계절이 무더워 수영복을 챙기거나 날이 추워 외투를 가져갈 때도, 언제나 캐리어는 하나만 가지고 갔다.

스리랑카에서도 우리는 기차와 버스를 타고 뜨거운 해변과 서늘한 산악지대를 두루 다녔지만, 짐가방은 딱 하나였다. 그래서 사람으로 가득 차서 짐은 창문으로 실어야 했던 기차에도 탈 수 있었고, 차로는 들어갈 수 없는 가파르고 비좁은 산길을 달릴 때도 툭툭 한 대에 우리 세 가족과 캐리어까지 싣고 함께 다닐 수 있었다.

얼이와 단둘이 제주에 갈 때는 그조차도 챙기지 않았다. 나

혼자 두 손으로 유모차를 밀어야 했으니 짐을 들 수 있는 손이 따로 없었다. 유모차에 걸 수 있는 짧은 손잡이가 달린 가벼운 천 가방에 간단하게 짐을 꾸렸다. 추워지기 시작할 무렵이라 옷도 두꺼웠고, 얼이의 옷가지와 일주일 분량의 두툼한 기저귀를 넣고 나니 가방에는 더 공간이 없었다. 그래서 내 겉옷은 하나도 챙겨가지 않았다. 없으면 없는 대로 여행 내내 단벌로 다니는 것도 편하고 괜찮았다. 쉽게 더러워지지 않는 짙은 색 옷을 여러 벌 겹쳐 입고, 머플러를 여러 개 가져가서 얼이와 번갈아 가며 목에 둘렀다. 어깨에 메는 가방에는 늘 가지고 다니는 카메라와 노트, 그리고 필요한 화장품 몇 가지를 담았다. 이것이 우리 둘의 여행 짐 전부였다. 수화물을 부치지도 않았다. 기다리는 시간이 줄어드니 얼이와 다니는 것도 더 가볍고 수월해졌다.

그렇게 해서 여행을 하는 동안 부족한 게 있었냐 하면 그렇지 않다. 일주일이든, 한 달이든 지내기에 충분했다. 가방 하나에 든 물건만으로도 불편함 없이 지내고, 집보다 작은 방에서도 지루함 없이 쉼을 누렸다. 나에게는 사실 그렇게 많은 것이 필요치 않고, 내가 지고 가는 짐은 내가 책임질 수 있을 만큼이어야 한다는 아주 단순한 진리를 새삼 깨닫게 된다.

아무것도 부족하지 않고, 어느 것도 욕심나지 않는다. 전부 다 있어서가 아니라, 우리가 이미 가득 차 있으므로.

아이가 있으면 짐이 늘어나는 것은 사실이지만, 얼이만을 위한 짐을 따로 가져가지는 않는다. 먹을 것이나 장난감도 마찬가지다. 비행시간이 긴 경우에만 가끔 기내에서 가지고 놀 부피가 크지 않은 퍼즐이나 작은 레고를 들고 가는 게 전부다(강아지 인형 뭥머는 짐이 아니라 친구니까 예외로 한다). 여행 중에 얼이가 그림을 그리고 싶어 하면 내 노트를 빌려준다. 아빠의 카디건을 담요처럼 덮기도 한다. 비행기 안에서 얼이가 잠들 때는 뭥머가 베개로 변신한다. 가지고 있는 것을 나눠 쓰고 다양하게 활용한다.

짐을 쌀 때는, 가져가고 싶은 것을 챙겨서 내가 거실 한편에 쌓아놓으면 남편이 필요한 것들과 함께 차곡차곡 정리해서 캐리어에 담는다. 짐을 싸는 것은 주로 출국 전날 늦은 밤이나 당일 아침일 때가 많다. 우리에게 작은 비법이 하나 있다면 남편이 테트리스를 잘한다는 것뿐이다.

Negombo, Sri Lanka

Budapest, Hungary

그곳이 어디든 가족이 있는 곳이 우리에겐 집이다.
여행 중에도 우리는 머무는 형태와 상관없이 언제나 숙소를 집이라고 불렀다. 하루를 마치고 해가 질 무렵이면, "우리 이제 집에 가자."고 하면서 돌아왔다.

얼이에게도 엄마, 아빠가 있는 곳이 우리 집이라고 알려주었다.
"얼아, 여기가 앞으로 며칠 동안 우리 집이야."

그래서 얼이는 여행을 떠나도 매일 밤 집에서 잤다.
얼이의 집은 호텔의 아늑한 침대였다가, 야간열차가 되었다가, 국경을 넘는 버스가 되었다가, 엄마의 무릎 위가 되었다.
그래서 얼이는 여행 중에도 언제나 편안히 잠이 들었다.
가까운 곳이든, 먼 곳이든 상관없이. 엄마, 아빠 곁에서.

잡고 싶은 것이 있다면 물속으로 들어가 고이 건져 올려야 한다.
더 가까워지고 싶은 것이 있다면 애써 거슬러 올라야 한다.
발을 적시지 않고 간직할 수 있는 것은 별로 없다.

8

잃어버리고 난 후에 알게 되는 것들

남편과 아이와 함께 셋이서 다시 찾아간 호찌민은 여름이었다. 시간은 10년이 넘게 흘러 있었다. 10년 전 필름 카메라로 찍었던 몇 안 되는 사진들은 대부분 잃어버렸고, 기억도 사진도 색이 바랬다.

하지만 햇살은 여전했다. 거리의 풍경도 사람들도 도로를 메운 오토바이들의 행렬도. 사진으로 모든 것을 기록하지 않던 시절의 확실치 않은 뿌연 기억들 위로 눈앞의 견고한 풍경들이 겹쳐졌다.

호찌민의 여름 공기는 습했다. 햇살이 내리쬐는 것 같다가도 빗방울이 한두 방울 떨어지면, 그때는 서둘러야 했다. 걸음을 재촉해 가까운 건물 처마 밑으로 뛰어들지 않으면 이내 와르르 비가 쏟아졌다. 우리는 호찌민의 여름 안으로 걸어 들어갔다. 아름드리나무들이 도시 곳곳에 자리하고 있었다. 해와 비가 세월을 거듭해 키워낸 장대한 나무 아래를 걷는 것은 자못 기분 좋은 일이었다.

우리는 걷는 속도를 달리해가며 호찌민에 머무는 대부분의 시간을 걸어 다녔다. 그날도 시내에 있는 커다란 공원을 걷고 있었다. 한낮이었고, 곳곳에서 스프링클러가 돌아가며 물을 뿌렸다. 햇살은 바닥에 일렁이고, 나무들이 만드는 그림자와 날아오는 물방울 사이를 걷다 보니 들뜬 산책은 어느새 흥겨운 뜀박질로 바뀌었다. 얼이는 끊임없이 맑은 소리로 높게 웃었다. 나무들 틈으로 잘게 부서진 햇빛이 반짝이며 떨어지고, 그늘에 있으니 기분이 상쾌해졌다. 셋이 어울려 배가 아프도록 웃으며 싱그러운 공원 이곳저곳을 마음껏 뛰어다녔다. 나중에 남편은 내게 그 순간의 행복이 너무도 강렬해서 그 후로도 베트남을 생각할 때마다 기억난다고 했다.

그때였다. 투둑투둑. 둥그렇고 큼직한 빗방울이 바닥에 빠른 속도로 자국을 남기기 시작했다. 우리는 누가 먼저라고 할 것도 없이 후다닥 얼이를 유모차에 태우고 그 넓은 공원을 나는 듯이 달려 빠져나왔다.

비를 피할 곳을 찾는데, 마침 길 건너편에 아기자기한 분위기의 카페가 눈에 띄었다. 재빨리 길을 건너 카페 안으로 뛰어들자 우리 등 뒤로 굵어진 빗방울이 타닥타닥 소리를 내며 벽과 바닥을 세차게 두드리기 시작했다. 바깥과 달리 작은 카페 안은 시원하고 아늑했다. 순식간에, 그리고 무사히 비를 피했다는 뿌듯함과 함께 유쾌한 안도감이 밀려왔다. 뭐라도 이룬 것 같은 기분이었다. 우리는 마주 보고 어깨를 으쓱거리며 웃었다.

이제는 카페 안에서 비가 그칠 때까지 느긋하게 기다리면 되는 것이었다. 그러면 일단 음료부터 주문해야지. 남편은 지갑을 꺼내 카운터로 향했고, 나는 얼이를 데리고 테이블에 앉으면서 무심코 손을 뻗어 휴대전화를 찾았다.

그런데 뭔가 이상했다. 내 휴대전화가 보이지 않았다. 이상하다. 분명히 여기에 넣었는데……. 다른 데 두었을 리가 없는데……. 순간 불길함이 잠시 스쳤다. 에이, 아니겠지. 어딘가 있겠지. 자리에서 일어났다. 침착하게 가방이며 다른 곳들을 찾아 보았다. 하지만 어디에도 휴대전화는 없었다. 설마……. 그래, 아닐 거야. 내가 종종 물건을 잃어버리거나 두고 오는 바람에 남편은 자주 내 휴대전화를 대신 챙기거나 숨기는 장난을 치곤 했다. 주문을 마치고 테이블로 돌아오는 남편에게 손을 척 내밀었다. 남편은 영문을 모르는 표정이었다. 외면하려던 불안감이 무겁게 내려앉았다. 등골이 서늘해졌다.

"여보, 내 휴대전화 정말 못 봤어?"

가지고 있던 가방을 다시 한번 샅샅이 살펴봤지만, 어디에도 없었다. 사실 내 기억은 선명했다. 공원에서 뛰어놀기 시작하면서 주머니에 있던 휴대전화를 꺼내어 유모차 바구니에 넣어두었다. 그리고 휴대전화는 지금 거기 없었다.

애써 피한 굵은 빗속으로 다시 달려나갔다. 비를 맞으면서 우리가 달려온 길을 구석구석 훑으며 공원 안까지 둘러봤지만, 어디에도 휴대전화는 보이지 않았다. 우리가 너무 신이 나서 뛰어다니는 동안 유모차에서 떨어져버린 듯했다. 푹신한 풀밭이나 흙 위로 떨어져서 몰랐던 걸까? 아니면 정신없이 비를 피하는 동안 바구니에서 빠진 걸까? 어쩌면 좋지. 아찔하고 속이 탔다.

Ho Chi Minh, Vietnam

아니야. 다시 찾을 수 있을 거야. 괜찮을 거야. 두려움과 간절함이 뒤섞여 복잡한 기분이 되었다.

하지만 남편의 수고와 나의 바람과는 달리 휴대전화는 찾지 못했다. 계속 전화를 해보았지만, 비를 맞아서 꺼진 건지 누군가 주워간 건지 잠시 후에는 더 이상 신호도 가지 않았다.

나는 휴대전화를 잃어버린 것이었다. 이 멀고 낯선 도시에서. 완전히.

더 찾아보고 싶었고, 돌아가서 보험처리라도 하려고 경찰서에 갔지만 아무것도 할 수가 없었다. 우리는 습기와 열기로 가득 찬 거리를 헤매면서 그날 오후를 다 써버렸다. 문제는 우리가 다음 날이면 여행을 마치고 집으로 돌아가야 한다는 것이었다.

휴대전화는 내가 가진 고가의 물건 중 하나였다. 산 지 얼마 되지 않아 아직 할부도 까마득하게 남아 있었다. 하지만 그보다 더 속이 상했던 건 그 안에 백업해두지 않은 수백 개의 메모와 만 장이 넘는 사진이 들어 있다는 사실이었다.

하지만 이제는 선택을 해야 했다. 여행지에서 가장 비싼 것은 시간이다. 지나간 시간이 거기에 담겨 있다고 해서 지금과 나중을 그것과 바꿀 수는 없었다.

"우리 이제 그만 찾자. 괜찮아. 대신 남은 시간을 더 즐겁게 보내고 가자."

그동안 여러 나라로 여행을 다녔으니 무언가를 잃어버린 경험이 처음은 아니었다. 스위스에서는 주말에 베른으로 기차를 타고 놀러 갔다가 지갑을 통째로 도둑맞았다. 치안이 안정된 곳이기도 하고, 그 나라에 오래 머물다 보니 마음이 느슨해진 탓이었다. 카페 옆자리에 가방을 올려두었는데, 나오면서 보니 가방 안에 있던 지갑이 사라지고 없었다.

혼자 스페인을 여행할 때는 지하철역에서 낑낑대며 짐가방을 들고 계단을 올라가고 있었는데, 무심코 코트 주머니에 손을 넣었더니 다른 사람의 손이 잡혔다. 얼마나 놀랐는지……. 지금 생각해도 머리카락이 쭈뼛 서는 경험이었다. 고개를 돌리니 소매치기가 손을 쓱 빼며 "럭키-" 하고는 눈앞에서 유유히 사라졌다. 너무 놀라 아무 말도 못 하고 서 있다가 정신이 들고 나니 얼마나 화가 나던지……. 그 후 여행을 다닐 때면 가능한 한 짐을 줄이고, 더 꼼꼼하게 소지품을 챙겼다. 하지만 무언가를 잃어버리는 것은 정말 아주 잠깐 사이에 일어난다.

나는 지나가버린 일에 크게 연연하지 않는 편이다. 이미 벌어진 일이고 돌이킬 수 없다면, 오래 후회하지 않고 금세 훌훌 털고 일어선다. 지나가버린 것에까지 마음을 쓰기엔 언제나 지금이 귀하고 중하니까. 잘 잃어버리는 대신 잘 잊기도 하는 사람이라고 생각했다. 그런데 이번에는 달랐다. 시간을 되돌리고 싶었다. 조금 더 잘 챙길걸. 거기에 넣어두지 말걸. 아니 미리 백업이라도 해둘걸. 후회하고 또 후회했다. 남은 할부금도, 일하면서 필요한 디자인 자료들이나 차곡차곡 쌓아온 메모들도 그렇게까지 아깝지는 않았다. 하지만 거기에는 걷고, 웃고, 울고, 말하고, 손을 잡고, 춤을 추고, 내게로 달려오는 숱한 얼이의 기록들이 담겨 있었다.

아이는 매일 자라 날마다 달라진다. 나는 얼이를 기르며 비로소 시간의 무게를 느끼고 배웠다. 매일 밤 오늘의 아이를 그리워하며 잠이 들었다. 아이는 어제와 오늘과 내일이 달랐다. 부모들이 그토록 열렬히 아이의 사진을 담아내는 것은 여행지에서 사진을 찍는 것과 비슷하다. 오늘 봤던 풍경을 내일 다시 볼 수는 없다. 돌아보면 하나도 소중하지 않은 순간이 없다. 설혹 비슷해 보여도 삶에서 다시 돌아올 수 없는 시절을 기록하는 것은 소중한 일이다.

그런데 그런 얼이의 수많은 '처음'에 대한 기록들을 잃어버린 것이다. 낯설고 먼 땅에 영영 찾을 수 없게 두고 온 것이다. 여행을 마치고 집으로 돌아오니, 내가 그곳에 놔두고 온 것이 무엇인지 점점 더 또렷해졌다. 지난 몇 달간 하루도 빠짐없이 차곡차곡 담아두었던 거대하고 사소한 모든 행복의 순간들을 통째로 잃어버린 기분이었다. 상실감이 얼마나 컸는지 잠도 오지 않았다. 아쉬운 게 아니었다. 아프고 속이 상했다.

베트남 여행을 마치고 돌아와서 한동안은 휴대전화 없이 지냈다. 시일이 좀 지난 후에야 새 휴대전화를 마련했다. 속상했던 마음은 우리 셋이 건강하고 무탈하게 돌아와 복작이며 채워가는 일상으로 차츰 메워졌다. 잃어버린 게 마음이 아플 만큼 촘촘하게 따스한 순간들이 있었음을, 그리고 우리가 여전히 이렇게 서로의 곁에서 함께할 수 있음에 감사하면서. 하지만 나는 그 후로도 이따금 슬퍼했다. 의미 있는 순간들을 만나면 이전보다 더 눈과 마음에 꾹꾹 눌러 담았다.

새로운 습관도 생겼다. 이제는 며칠에 한 번씩, 특히 새로운 여행을 떠나기 전에는 꼭 휴대전화와 카메라에 있는 모든 사진을 옮겨서 저장해둔다. 매번 바빠서, 시간이 없어서, 사진이 너무 많아서, 나중으로 미루었던 일이었다.

'나중에 해야지.' 하고 미루어놓으면, 아껴두었던 옷은 맞지 않고, 공연은 막을 내리고, 눈앞의 풍경은 시시각각 달라지며, 바람은 방향을 바꾸어 불기 시작한다. 그 순간 셔터를 누르지 않으면 기회는 다시 오지 않을 수도 있다. 아이는 옹알이를 잊고, 걷다가 이내 뛰기 시작한다. 아까 망설이며 지나쳤던 물건은 그 가게에 돌아가면 남아 있을지, 아니 그 가게에 다시 갈 수는 있을지, 우리는 결코 알 수 없다. 그 순간이 지나면 나중은 이미 저만치 물러난다.

정말이지 삶은, 한 치 앞을 모르는 것. 어쩌면 여행이 우리에게 알려주는 가장 귀한 가르침은, 우리가 여행을 통해 연습해볼 수 있는 것은, 그 순간에 집중하는 것일지도 모른다. 그러니 지금에 더 충실해야 한다. 성실과 열심을 다해야 한다. 뒤늦게 후회하지 않도록.

얼이가 교회 마당에서 물총을 가지고 놀다가 뚜껑을 잃어버

Ella, Sri Lanka

렸다. 조그만 뚜껑이 데구루루 굴러 눈앞에서 하수구 안으로 떨어지자 얼이는 눈물을 펑펑 쏟고 발을 동동 구르며 울었다. 결국, 남편이 하수구 뚜껑을 들어내고 그 작은 물총 뚜껑을 건져냈다.

시간이 한참 흐르고 어느 날 얼이와 물총을 가지고 놀다가 그 때 생각이 나서 물어보았다.

"얼아, 그날은 왜 그렇게 많이 울었던 거야?"

그러자 얼이가 대답했다.

"응, 뚜껑을 다시 못 만날까 봐."

어린아이도 헤어짐이란 돌이킬 수 없는 일임을 안다. 그래서 그 준엄하고 아득한 무게 앞에 목 놓아 운다. 모든 것은 지나간다. 시간은 발 앞의 시냇물처럼 쉼 없이 흘러 그저 가만히 있는 것만으로도 저만치 멀어져 간다. 때로 비가 많이 쏟아져 물이 불어나 세차게 휩쓸어 내려가기도 하고, 혹은 가물어 더디게 자박대며 찰랑거리는 날들도 있다. 그러나 느려도 멈추지 않고 계속 지나간다.

우리 삶의 어떤 것은 가라앉은 돌멩이처럼 세월에 닳더라도 그 자리에 오래도록 머물러 있을 것이고, 어떤 것은 나뭇잎처럼, 꽃잎처럼, 물고기와 잠자리처럼, 그림자처럼 우리를 두드리고 물 위로 떨어져 흔적도 남기지 않고 흘러갈 것이다.

흘러가는 물 위에 떨어진 무언가를 나중에 주워야지 생각하는 사람은 없다. 잡고 싶은 것이 있다면 바로 지금 주저 없이 첨벙이며 물속으로 들어가 고이 건져 올려야 한다. 더 가까워지고 싶은 것이 있다면 애써 거슬러 올라야 한다. 발을 적시지 않고 간직할 수 있는 것은 별로 없다.

그러니, 다시 한번 다짐한다. 망설이지 말아야지. 미루지 말아야지.

Galle, Sri Lanka

아이를 기르는 일은 온전한 시간과 부모의 헌신과 수고를 필요로 한다.
하지만 언젠가 얼이와 지금 이 시간에 대해 말하는 날이 온다면, 희생하고 포기했다기보다는 엄마도 행복했다고 말하고 싶다. 그 시간 속에 나도 즐거웠고 너와 함께여서 좋았다고.

너는 엄마의 나이를 먹고 큰 게 아니야.
얼이가 자라가는 것처럼 엄마도 함께 꿈을 꾸고 자란 거야.

시간이 공평히 우리를 지나가는 동안 너는 자라고 나는 늙은 게 아니라, 우리 다 고르게 한 겹 한 겹 우리의 나이를 둘러가고 있었다고 얘기해주고 싶다.

미각은 때로 기억을 가둔다.
그러니 우리는 여행에서 더 많은 것을 맛보아야 한다.

8

여행을 더 맛있게

베트남 음식은 매력이 넘친다. 1년에 이모작, 삼모작을 할 정도로 쌀이 풍요로워서 국수나 빵도 쌀가루로 만들어 소화하기에 부담이 없고, 고수처럼 호불호가 갈리는 향신료를 제외하면 한국 사람들의 입맛에도 대체로 잘 맞는다. 특히 현지에서 맛보는 쌀국수는 비교할 수 없는 풍미에 반하게 된다. 덕분에 우리는 도착 첫날부터 저녁만 두 끼를 먹었다. 그 중 첫 끼. 호찌민에 도착해서 처음으로 먹었던 쌀국수가 우리가 지금까지 먹어본 것 중 가장 맛있는 쌀국수였다.

호텔에 막 체크인 하고 저녁을 먹으러 나오던 길이었다. 우리

Ho Chi Minh, Vietnam

는 적당한 식당을 찾아 걷고 있었고, 길가에 놓인 손수레에서는 쌀국수를 만들어 팔고 있었다. 간혹 오토바이들이 멈춰서 쌀국수를 한 그릇씩 포장해가고, 몇몇은 그 주위에 서서 작은 그릇을 손에 들고 훌훌 먹고 있었다. 우리는 무심코 그 곁을 지나쳐 가다가 구수한 냄새에 이끌려 뒷걸음으로 그곳에 되돌아갔다.

호기심이 일어서 간단히 맛만 볼까 싶어 한 그릇을 주문했다. 능숙한 손놀림으로 말아주는 쌀국수를 받아 들고는 한 모금 맛을 봤는데, 우와! 깜짝 놀랄 만큼 진하고 깊은 맛이 났다. 유모차에 앉은 얼이와 함께 길가에 쪼그리고 앉아 국물 한 방울 남기지 않고 싹 비웠다. 얼이도 처음 먹어보는 고수가 듬뿍 들어간 쌀국수를 호로록호로록 맛있게 먹었다.

그리고 다시 길을 걷다가 또 다른 냄새에 이끌려, 이번에는 길가에 있는 작은 테이블과 그보다 더 조그만 의자에 셋이 모여 앉아 두 번째 쌀국수로 두 번째 저녁을 먹었다.

그렇게 베트남에서의 여행은 차곡차곡 맛있는 기억으로 채워졌다. 동네 사람들이 길게 줄 서 있는 가게 앞을 지나가다 우리도 함께 어울려 기다렸다 반미를 사고, 더위에 지치면 그 자리에서 만들어주는 연유가 듬뿍 들어간 생과일주스나 진하고 달콤한 베트남 커피를 마시고 기운을 냈다.

프랑스 식민통치의 역사는 베트남 곳곳에 영향을 주어서 프렌치 파인 다이닝도 맛볼 수 있었고, 온화한 기후와 자연환경을 바탕으로 한 풍부한 식재료의 영향으로 베트남 고유의 음식 문화도 다채롭게 발달해 다양한 미식을 경험할 수 있었다.

여행에서 중요한 것 중 하나는 바로 음식이고, 식도락은 우리 여행의 큰 즐거움이다. 음식에는 각 나라의 삶과 문화가 녹아 있다. 음식을 맛보는 것은 그 나라를 경험하는 데 있어서 결코 빼놓을 수 없는 부분이다. 그러한 이유로 우리는 여행할 때 따로 음식을 가져가지 않고, 가능한 한 현지 음식을 먹는다.

이유식을 하던 샌프란시스코 여행 외에는 아이 먹거리를 따로 챙긴 적도 없다. 얼이도 항상 우리와 함께 같은 음식을 먹는다. 실제로 그 지역에서 많이 먹는 향신료에는 그 지역의 모기나 해충이 싫어하는 향이 나기도 하고, 필요한 영양소가 식재료에 함유되어 있어서, 현지 음식을 먹는 것은 그곳에서 생활하는 데에 도움이 된다고 한다.

나는 얼이에게 식사 예절만큼은 엄격히 지키도록 하지만 편식은 크게 개의치 않는다. 아이들은 자라면서 계속 바뀌고 달라진다. 어제까지는 생당근을 과자처럼 먹다가 오늘은 당근을 다 골라내기도 하고, 지난번에는 질색하던 양파를 오늘은 자기 그릇에 전부 담아달라고 조르기도 한다.

무엇보다 나는 강요하고 싶지 않았다. 무언가를 억지로 좋아하게 만드는 것이 과연 가능할까? 유쾌하지 않은 기억은 오히려 그 음식을 더 부정적으로 인식하게 만든다. 어떤 것을 좋아하는 건 강요로 되는 게 아니니까.

경험에는 마법처럼 놀라운 힘이 있어서 많은 것을 바꾸어놓는다. 얼이는 자기가 직접 토핑을 올린 버섯 피자나 작은 손으로 채소를 듬뿍 다져 넣어 조물조물 빚은 주먹밥, 함께 반죽을 휘저은 부침개는 남김없이 말끔하게 먹었다. 비지나 시래기, 우거지 같은 담백하고 토속적인 음식을 좋아하고, 여행을 다니며 자연스레 다양한 식재료들을 맛보면서 더 다양한 음식을 즐기게 되었다.

어릴 적 편식이 심했던 나를 자연스레 바꾸어놓은 것도 경험, 바로 여행이었다. 아프리카에서 보낸 석 달간의 시간이나 혼자였던 유럽 여행에서는 먹을 것이 넉넉하지 않으니 주어진 모든

Zanzibar, Tanzania

San Diego, USA

것에 감사해하며 소중하게 먹었다. 이집트와 다른 몇몇 나라를 여행하는 동안에는 여러 문화권에서 손님을 환영하고 극진히 접대하는 의미로 그들의 전통 음식을 대접하고, 그 음식을 깨끗하게 비우는 것이 환대에 대한 예의임을 알게 되었다. 탄자니아 초원에서는 마사이족 사람들이 잡아주는 염소고기와 끓인 젖을 마셨고, 이집트 사막에서는 베두인족 아주머니 곁에 앉아 화덕에서 갓 구워낸 빵을 먹었다. 음식을 먹는 것은 문화를 존중하고 관계를 맺는 방법이기도 하다.

물론 조심하는 것도 필요하다. 공중위생이 아직 잘 자리 잡지 않은 나라에서는 생수도 식당에서 제공하는 것 대신 직접 구입해서 휴대한 물을 마시는 것이 좋다. 하지만 그럼에도 여전히 즐거운 마음으로 골고루 먹고 푹 쉬고 잘 자는 것은 편안하고 건강하게 여행하는 가장 쉬운 방법이다.

자꾸 만나면 사랑에 빠진다는 이야기처럼, 음식도 여러 번 맛보면 좋아하게 된다. 프랑스에서는 아이들이 다양한 식재료와 조리법으로 만든 음식을 균형 있게 맛보도록 하기 위해 정부 차원에서 전문가들이 모여 보육 기관과 학교의 식단을 결정한다.

다른 모든 감각처럼 미각도 발달하기 위해서는 다양한 자극이 필요하다. 세계적인 미식 수준을 자랑하는 나라의 문화도 어린 시절부터의 경험이 쌓여서 이루어진 것이다.

어릴 적 나는 요거트와 치즈를 싫어했다. 얼마나 싫었는지, 스무 살이 넘도록 입에도 대지 않았다. 그러다 스위스에 가게 되었다. 처음 퐁듀를 맛보고 그 강렬한 향과 꼬릿한 맛에 얼마나 놀랐는지……. 그 후로는 그야말로 질색하며 멀리했다. 그런데 스위스 어디를 가도 치즈가 있었다. 마트에 가면 요거트가 한쪽 코너 전체를 차지하고, 수십에서 수백 가지가 종류별로 빼곡하게 진열되어 있었다. 거의 모든 식사마다 요리에 포함된, 혹은 곁들인 치즈가 테이블에 올라왔다. 그렇게 스위스에서 1년간 사는 동안 치즈와 요거트는 어느새 내게도 자연스레 스며들었다. 어떤 사람이 사랑하는 이에게 매일 편지를 보냈더니, 결국 그 사람이 우체부와 사랑에 빠졌다고 했던가. 나도 끝내 사랑에 빠졌다. 치즈와 요거트가 없다고 해서 그동안의 내 삶이 무언가 부족하다고 느끼지는 않았다. 다만 이제는 내가 즐기게 된 것이 더 늘어났다. 그리고 그것은 내 삶에 조금 더 풍부한 맛과 향을 더해주었다.

Galle, Sri Lanka

Negombo, Sri Lanka

이러한 경험은 셀 수 없이 많다. 이렇게 나는 더 많은 것을 경험하고, 좋아하게 되었고, 내 삶에서는 더 다양한 맛이 났다. 어느 날은 친구가 파리에 다녀오면서 과자를 사 왔는데, 동그랗고 연약한 그 과자는 너무 달아서 한 조각도 다 먹을 수가 없었다. 내색은 하지 않았지만, 내심 이렇듯 쉽게 부스러지는 이 조그만 과자가 왜 그렇게 비싸고 유명한 걸까 궁금했다. 그 후 시간이 흘러 혼자 파리에 갔을 때, 마지막 밤 나는 남은 동전을 모두 털어 샹젤리제 거리의 한 가게에서 마카롱을 샀다. 아마도 그 고운 빛깔의 섬세한 과자가 그 밤과 어울릴 거라고 생각했던 것 같다. 그리고 그 밤에 맛본 마카롱 이후로 내게 모든 마카롱은 사랑스레 달콤하고, 파리의 밤하늘 맛이 난다. 미각은 때로 이렇게 기억을 가둔다. 그러니 우리는 여행에서 더 많은 것을 맛보아야 한다.

내가 알고 있는 편식을 고치는 가장 좋은 방법은, 음식에 대한 즐거운 경험을 많이 만드는 것이다. 다른 모든 것들이 그러하듯 나만의 취향과 고유한 기억들, 추억의 맛을 많이 만들어두는 것은 우리의 삶을 조금 더 풍요롭게 만들어준다. 경험하는 만큼 알게 되고, 아는 만큼 감동하게 된다는 것은 요리에도 유효하다. 그러니 나는 세상의 다양한 맛과 아름다움을 맛보고, 느끼고, 음미하며 살고 싶다. 사랑하는 이들과 함께 더 많은 세상을 맛보고 싶다.

햇살이 비치던 감귤밭에서의 오후가
얼이의 마음속 깊은 어딘가에
행복하고 따뜻한 기억으로 남아 있는 걸까.

8

어차피 기억하지 못할 순간들

아이와 여행을 하다 보니, 그런 얘기를 종종 듣는다.

'나중에 아이가 크고 나면 기억도 못 할 텐데.'

그럴 때면 생각한다. 기억만 사람을 만드는 것은 아니라고.

태어나 처음 보는 바다의 빛깔과 처음 밟는 모래의 아삭거림, 처음 듣는 파도 소리와 처음 맡는 바다 냄새. 어느 한 사람의 생애 모든 '처음'을 함께 맞이하고 맛보고 만지고 느끼는 것은 얼마나 경이롭고 아름다운 일인지. 우리가 그 순간 그곳에서 함께 느낀 행복으로는 부족한 걸까? 결국, 우리를 만드는 것은 그런 순간들일 텐데…….

그러던 어느 날 우연히 읽은 한 기사에서 새로운 사실을 알게 되었다. 아이들의 기억에 관한 연구 결과를 다룬 내용이었다. 아이들은 어렸을 때의 일을 기억하지 못할까? 그렇다면 왜 그럴까? 어린아이들은 자라는 동안 경험과 정보를 흡수하면서 사건의 내용보다는 의미에 집중하게 된다고 한다. 성장 과정에서 입력되는 수많은 데이터를 받아들이면서 뇌에서 부차적인 것은 정리하고 생존에 필요한 결과만을 남기게 된다는 것이다. 그 과정에서 사건의 내용은 자연스럽게 잊히게 되는데, 이것은 사라진다기보다 다른 형태로 기억된다고 볼 수 있다는 내용이었다.

이렇게 상황과 경험을 통해 느낌, 감각 등을 체득하는 것을 '암묵 기억(절차 기억implicit memory)'이라고 한다. 다르게 말하면, 언어를 배우기 이전의 아이는 상황을 표현할 적절한 말을 모르기 때문에 그 기억을 머릿속에 언어가 아닌 다른 방식으로 저장한다는 얘기다. 그리고 성장한 후에는 이를 알아볼 수 없어서 기억하지 못하는 것으로 생각하게 되는 것이다.

영화 '인사이드 아웃'을 보면, 아이가 받아들이는 무수한 경험이 다양한 빛깔로 채색되어 보관된다. 어떤 기억은 내밀한 곳으로 들어가 서서히 잊히지만, 어떤 기억은 강렬하여 몇 번이고

Kota Kinabalu, Malaysia

되새겨진다. 그 중에 몇몇 기억은 빛을 내며 굴러들어가 마음 깊은 곳에 자리 잡고 계속해서 영향을 준다. 영화 속에서 그려진 장면처럼 아이는 자신이 태어난 순간을 기억하지는 못하지만, 그 순간에 느낀 기쁨이라는 감정이 물들인 기억은 핵심 기억으로 저장되어 엄마, 아빠를 향한 친밀한 느낌과 관계를 형성하는 기반이 되는 것이다.

그러니 기억은 다시 꺼내어 보여주지 못한다고 해도 생각과 마음 깊은 곳에서 머무르며 그 사람을 만들어간다.

어린 시절의 경험이 의미 없고 무용하다면, 그것은 너무 슬픈 일이다. 엄마 품 안에 있던 시간도 귀하게 여기고 헤아려 태어나는 순간부터 한 살이 되는 아이들이다. 모두 다 듣고 있고 보고 있다. 뇌 발달이나 지능, 정서까지 가늠해보지 않더라도, 사람은 누구나 경험을 토대로 성장한다. 기억을 먹고 자란다.

그럼에도 아이들이 기억하지 못하니 소용없다고 한다면, 부모가 기억하고 있다고 말하고 싶다. 그 시간을 함께 보낸 부모가 기억한다.

가끔은 어제 일도 기억나지 않는다. 쌓여가는 기억에 밀려 많은 것들을 잊는다. 그래도 얼이와 다녀온 여행에서의 무수한 순간은 선명하고 생생하다. 그 순간의 경험과 감정은 내게도 남아 나에게 영향을 준다. 보이지 않는 기억들이 지금의 얼이와 우리를 만들어간다.

가을도 겨울도 지난 어느 날, 책에서 귤 그림을 본 얼이가 내게 툭 말을 꺼냈다.

"엄마, 우리 제주도 가서 귤 따짜나."

제주에 다녀온 후로 시간이 꽤 흘렀고, 얼이와 그때의 얘기를 한다거나 사진을 꺼내본 적도 없을 때였다. 그 무렵 말이 한창 늘고 있던 얼이가 갑자기 그 문장과 기억을 꺼내놓아서 얼마나 놀랐는지 모른다. 햇살이 비치던 감귤밭에서의 오후가 얼이의 마음속 깊은 어딘가에 행복하고 따뜻한 기억으로 남아 있는 걸까.

그런 일들은 그 후에도 여러 번 있었다. 집으로 돌아오는 골목길에서 석양을 보다가 말레이시아의 해변을 불러오기도 하고, 점심을 먹다가 부다페스트의 어느 식당을 끌어오기도 했다. 어딘가에서 흘러나오는 음악을 듣고 폴란드에서의 쇼팽을 떠올리는 얼이에게 남편과 내가 깜짝 놀랐던 적도 있다. 기억은 언어뿐 아니라 시각과 후각, 미각, 촉각, 때로는 청각으로 얼이에게 간직되었다.

얼이가 더 많은 표현을 알게 되고 언어에 익숙해지면서 기억과 추억을 되새기는 일도 잦아졌다. 얼이의 마음속 어딘가에는 산타모니카 해변에서 발에 감겨들던 모래와 바르샤바에서 맛보았던 따끈한 수프의 맛과 향, 쿠알라룸푸르 어느 골목에서 쏟아지던 웃음과 빗방울, 잔지바르의 촉촉한 바다 내음과 거리에서 시끌벅적 춤을 추던 호찌민의 늦은 밤, 그리고 우리 셋이 꼭 잡고 걷던 손의 든든한 감촉과 온기도 각각의 빛을 내며 담겨 있겠지.

Kota Kinabalu, Malaysia

Colombo, Sri Lanka

얼이는 작은 생명들을 좋아해서 어딜 가든 강아지나 고양이와 마주치면 카메라를 꺼내든다. 먼저 눈을 맞추고 손을 흔들면서 '안녕' 인사를 하고, 눈높이에 맞춰 쪼그리고 앉아 다정하게 말을 건네고 사진을 찍는다. 사진을 찍은 후에는 꼭 자기가 찍은 사진을 보여준다. 친구가 갈 때까지 그 자리에 남아 있거나 몇 번이나 뒤돌아보며 손을 흔들다 온다.
얼이를 통해 사진을 찍는 것에 대해 배운다. 어떤 대상을 담아내는 일이 사랑하는 일이 될 수 있는 거구나 하고.

언젠가는 얼이와 트램에 앉아 창밖을 스치는 풍경에 감탄하고 있었다. 얼이가 문득 나를 보더니 말했다.
"엄마, 여기 예쁘다. 사진 찍어주세요."
그러더니 씩 웃으며 한 마디 덧붙였다.
"나중에 내가 어른되며는~ 보내줘, 엄마."
얼이를 통해 사진의 의미에 대해 생각한다. 무언가를 기록하는 일이 먼 훗날의 우리에게 온기를 담아 보내는 일이 될 수 있구나 하고.

당신이 좋아하는 거. 당신이 입고 싶은 거.
당신이 하고 싶은 거. 나는 다 좋아.

8

아름다운 배우자를 얻는 법

균열은 의외로 아주 작고 사소한 것에서 시작된다.

엄마가 되는 것은 숭고하고 아름다운 일이기에 뼈와 장기를 누르는 아이를 품에 안고 다니다가, 몸을 찢는 출산의 고통도 견뎌낸다. 이전에 누리던 지극히 당연하고 편안한 유익을 즐거이 포기하고, 모든 일상을 송두리째 아이에게 건네준다. 성경에 이런 표현이 있다. 천국은 밭에 감추어진 보화와 같아서 그것을 발견한 사람은 가진 모든 소유를 팔아 그 밭을 산다고. 아이를 기르는 일도 천국과 같았다. 그래서 나는 내가 가진 모든 것을 기쁨으로 아이와 바꾸었다. 거기에는 나의 일터, 제때 하는 식사, 충분한 잠뿐 아니라 하이힐, 짙은 색 립스틱, 자그마한 핸드백, 기다란 귀걸이와 앙고라 스웨터, 커피와 여유 같은 것들이 포함되었다.

그러나 아주 사소하고 작은 순간, 더 귀한 것을 얻기 위해 내가 팔아버린 것들이 기억나 때로 마음이 욱신거렸다. 아이가 엎은 간식을 치우고 씻기고 옷을 갈아입히는 동안 식어버린 식탁 위의 국그릇, 마지막으로 신었던 게 언제인지 기억나지 않는 아끼던 구두 한 켤레, 읽다가 덮어두었지만 끝내 다시 펼치지 못한 책, 푸석한 얼굴과 윤기 없는 머리칼, 늘어진 티셔츠에 아이가 남긴 얼룩 위로 나는 하릴없이 허물어졌다. 낯선 도시로 떠나는 것을 설레어하고, 언제나 조금 더 용기가 필요한 쪽을 선택하고, 짧은 스커트를 좋아하지만 몇 주간 청바지 한 벌만 입고도 구김 없이 웃던 나는 천국을 캐내는 동안 알지 못하는 사이에 땅속으로 사라져버린 것 같았다.

마음이 따끔거렸다. 희생이라 부르는 거대한 무게는 견딜 수 있었지만, 가느다란 바람에 베인 상처는 날카롭고 쓰라렸다. 한 영혼은 천하보다 귀하다고 한다. 그러니 한 영혼을 길러내는 일은 다른 무엇에도 비할 수 없을 것이다. 그러나 나는 때로, 아니

자주, 내가 여전히 가치 있는 사람인지 치열하게 고민했다.

결혼 전, 혼자 여행할 때는 옷차림에 별로 개의치 않았다. 혼자 하는 여행이었으니 나를 찍은 사진도 거의 없다. 나의 관심은 외부에 있었다. 그러다 신혼여행을 시작으로, 사랑하는 사람과 함께 여행하면서부터 가장 좋아하는 옷을 여행가방에 담기 시작했다. 사랑하는 이의 카메라에는 내가 담겼다.

시선과 관심이 나 자신에게 머물기 시작했다. 나를 아끼고 가꾸었다. 혼자 밥을 먹어도 고운 그릇을 꺼내 정갈하게 차려 먹고, 내 공간에 취향의 물건들을 하나씩 채워 넣고, 세계와 관점을 투영한 책을 읽었다. 옷을 입는 일은 이 모든 일과 다름없었다. 패션은 아름다움을 우리 삶에 끌어와 내게 두를 수 있는 손쉬운 방법 중 하나다. 옷은 짓는다고 표현한다. 집을 짓다. 밥을 짓다. 옷을 짓다. 우리 삶을 이루는 중요한 것을 이르는 말이다.

그러나 아이가 태어나면서 자연스레 멀어진 부분이 생겼다. 변화는 필연적인 것이지만, 삶의 모든 부분에서 아이와 함께하는 방식을 찾아갔듯 나를 표현하는 것도 잃고 싶지 않았다. 가는 금이 견고한 돌담을 무너트릴 수 있는 것처럼, 반대로 긍정적인 변화도 작은 데서부터 시작된다. 작은 유리창 하나를 바꾸는 것만으로도 공간 전체에 온기를 채우고, 찬연한 햇살을 깊숙이 끌어올 수 있다. 화사한 색상의 옷을 꺼내 입는 것만으로 일순간 마음이 환해진다. 머리를 빗질하는 동안 생각도 가지런해진다. 립스틱을 바르면 이내 기분의 결이 달라진다. 오늘 신은 좋은 구두는 나를 좋은 곳으로 데려다줄 것만 같다.

매섭고 단단한 겨울을 녹이는 것도, 나그네의 외투를 벗기는 것도, 결국은 따스한 바람 한 줄기였다. 내게는 여행이 바람 한 자락이 되어주었다. 그전의 모습과 지금의 나를 찾는 데 도움을 주었다. 이를 가능하게 해준 것은 남편의 역할이 컸다.

남편과 함께 있을 때 그는 내 아이의 아빠가 된다. 식사하면서 얼이에게 음식을 잘게 잘라주는 것도, 기저귀를 가는 것도, 얼이를 씻기는 것도, 외출 준비를 하면서 옷을 입히는 것도, 잠들기 전 책을 읽어주고 몸으로 놀아주는 것도 대부분 남편이 한다. 그와 함께 있을 때 나는 유모차를 번쩍 들어 올리거나 아이를 데리고 화장실을 찾아 헤매거나 바닥에 쪼그리고 앉아 아이가 흘린 음식을 닦지 않아도 된다. 내가 얼이를 돌볼 때 엄마로서 하는 일들이다. 아빠와 함께 있을 때 얼이는 아빠의 강하고

Sankt Peterburg, Russia

빠르고 다정하고 사려 깊은 돌봄을 받는다.

남편과 함께 있을 때 그는 역시 온전한 나의 남편이 된다. 무거운 물건은 들지 못하게 하고, 어디든 데려다주고, 문을 잡아주고, 설거지를 하고, 빨래를 넌다. 나를 위해 편지를 적어 거울 위에 붙여두고, 내가 좋아하는 커피를 사오고, 집에 들어오면 곧장 내게 와 안아주고, 내 손을 잡고 길을 걷는다. 정작 본인은 색을 구분하지도 못하는 립스틱을 계절마다 선물하고, 자기 구두가 다 해진 것은 몰라도 내 구두 굽이 닳는 건 나보다 먼저 알아채고 말도 없이 백화점에 데려간다. 언제나 한결같이. 우리에게 아이가 있어도 그는 여전히 나의 연인이다.

얼이와 단둘이 보내는 일상에는 주로 무던한 옷을 입는다. 편안한 바지에 튼튼한 운동화를 신고 얼이와 함께 달리고, 얼이 곁에 걸터앉는다. 하지만 남편과 함께 외출할 때면 내가 좋아하는 하늘거리는 원피스나 스커트를 꺼낸다. 가느다란 샌들이나 하이힐을 신고, 립스틱도 바르고, 휴대폰이 겨우 들어가는 작은 가방도 든다. 여행을 갈 때는 옷장 깊숙이 넣어두었던 좋아하는 옷을 골라서 여행가방에 넣는다. 평소에 자주 하지 못하는 주얼리나 액세서리도 여행 갈 때는 모두 가지고 간다.

Galle, Sri Lanka

혼자 여행할 때는 오히려 반대였다. 입고 자도 될 만큼 편안하고, 들판을 굴러도 거뜬할 만큼 튼튼하고, 더러워져도 표 나지 않을 만한 옷을 골라서 짐을 쌌다. 두 달이 넘게 유럽을 여행하는 동안 운동화 한 켤레만 신었다. 석 달간 아프리카에서 입은 옷가지는 모두 합해서 열 벌도 채 되지 않았다. 그러나 지금 나의 여행가방은 훨씬 더 다채로워졌다. '엄마' 옆에 '아내'와 '여자'도 잊지 않고 챙겨 담는다.

나의 삶과 여행의 풍경은 확연히 달라졌다. 소소하게는 아침에 일어나 내가 원하는 옷을 고르고 마음에 드는 옷을 입는 일련의 행위 자체가 만족을 준다. 폭넓은 스커트도, 통이 좁고 날렵한 바지도 나의 의지로 선택한다. 옷을 잘 입으려면 나에 대해서도, 옷에 관해서도 잘 알아야 한다. 안목을 기르고 감각을 다듬게 된다. 오감이 자극되고 영감을 불러온다. 옷을 입으면서 내가 정말 좋아하는 게 무엇인지, 내게 어울리는 것이 어떤 것인지 알게 되고, 나를 잘 표현할 수 있게 되었다. 나는 구김 없는 셔츠를 입고도 더 편안하고, 주름 잡힌 스커트를 입고도 더 자유로워졌다. 여행에서 돌아와 사진을 꺼내보면, 풍경과 아이

뿐 아니라 생의 가장 푸른 날을 지나는 내가 있다. 시간이 흘러면 훗날 지금의 나를 보며 그 시절 나를 이루고 내가 좋아했던 것들 역시 사진 속에서 찾을 수 있을 것이다.

가끔 남편에게 묻는다. "오늘 어떤 옷을 입을까? 당신은 내가 어떤 옷을 입는 게 좋아?" 대답은 항상 같다. "당신이 좋아하는 거. 당신이 입고 싶은 거. 당신이 하고 싶은 거. 나는 다 좋아."

패션 모델들이 말하길, 옷을 입을 때 가장 중요한 것은 자신감이라고 한다. 사랑은 영혼 위로 뿌려지는 향수와 같다. 사랑하는 사람들은 표가 난다. 있는 모습 그대로를 사랑해주는 사람이 있는 것만큼 나를 빛나게 하는 것도 없다.

여행을 하다 보면 곱게 단장하고 산책하는 노부부를 많이 보게 된다. 외모뿐 아니라 옷차림과 분위기마저 닮은 두 분이 손을 잡고 걸어가는 장면을 보면 아름다움을 넘어 경이롭다. 언젠가 나중에 나이 들면 아름다운 할머니가 되고 싶다고 했더니, 그 말을 들은 남편이 자기가 더 노력해야겠다고 말했다. 꾸미지 않아도 사랑스러운 시선으로 봐주고, 그러면서도 배우자가 아름답게 나이 드는 것은 자신의 몫이라고 생각하는 그의 마음이 더없이 고마웠다.

사람이 어렸을 때 얼굴은 부모님이 주시는 것이지만, 나이가 들면 자신의 얼굴은 자기가 책임져야 한다고 한다. 매일 짓는 표정들은 내 얼굴 위에 새겨져 주름으로 남을 것이다. 또한 사랑하는 사람들은 서로 닮아가니, 날마다 마주 보는 나의 배우자의 얼굴도 같이 나이 들며 내게 흔적으로 남겨지겠지. 서로의 얼굴에 함께한 시간이 고스란히 세월로 새겨질 것이다.

그래서 나는 당신을 위해 고운 할머니가 되고 싶다. 그도 나로 인해 근사한 할아버지가 된다면 좋겠다. 우리 나란히 새하얀 머리를 하고 단정한 옷을 차려입고 함께 걸으며, 지금처럼 서로를 눈과 마음에 담을 수 있었으면, 그랬으면 참 좋겠다.

Sankt Peterburg, Russia

"독서는 머리로 떠나는 여행이고,
여행은 몸으로 하는 독서."

8

책 속으로
떠나는 여행

경험은 우리 삶을 다채롭고 풍요롭게 한다. 여행이 직접 경험이라면 책은 간접 경험이다. 직접 떠나는 것을 좋아하지만 날마다 여행을 할 수는 없으니 그럴 때 책은 좋은 대안이 되어준다.

내가 책을 가장 가까이 두었던 시기는 직장생활을 할 때였다. 이른 아침부터 늦은 밤까지 회사에 있었고, 거의 날마다 도시에 완전히 어둠이 내려앉은 후에야 퇴근해서 집에 돌아왔다. 그때 책을 읽었다. 책상 한편에 좋아하는 책을 여러 권 올려두고, 마치 창문을 열어 바람을 쐬듯 한두 페이지를 펼쳐 그 안에서 거닐다 현실로 돌아오곤 했다.

지금도 우리는 곧잘 책 속으로 여행을 떠난다. 여행 중에는 물론이고 평소에도 길을 걷다가 서점이 보이면 꼭 들어가 본다. 그리고 일단 안에 들어서면 각자 책으로 탐험을 떠난다. 서점과 헌책방, 도서관에서 넉넉하게 시간을 보내는 것을 좋아한다. 얼이도 항상 함께한다. 하지만 얼이에게 책을 많이 보여줘야겠다는 생각은 따로 하지 않는다. 그저 우리는 그 안에 같이 뛰어든다.

김영하 작가가 종이책의 장점에 관해 이야기하는 것을 들었다. 전기가 필요 없고, 언제 어디서든 읽을 수 있고, 백 년 후에도 볼 수 있으며, 빙하기가 오면 땔감으로도 쓸 수 있다고. 이렇게 장점이 무진하지만 사실 여행 중에는 번거롭고 무거운 짐이기도 한 것이 책이다. 그러나 우리는 여행을 떠날 때마다 잊지 않고 가방에 책을 담는다. 여행을 준비하는 설렘으로 떠나서 읽을 책을 고르고, 여행 중에는 서점에 가고, 기념품으로 책을 사가지고 돌아온다.

샌프란시스코의 시티 라이트 서점은 저녁 식사를 하고 나와서 어두워진 거리를 무작정 걷다가 우연히 발견했다. 서점이 있

Warszawa, Poland

길래 평소처럼 들어가 보려다 간판을 확인하고는 남편이 가보고 싶어 했던 바로 그 서점인 것을 알고 책 사이에 끼워져 있던 지폐라도 발견한 것처럼 기뻐했다. 그날 우리 셋은 서점 안에서 느슨한 저녁 시간을 보내며, 한없이 따스해진 마음으로 서로에게 책을 선물했다.

아카데미아 서점은 헬싱키에서 우리가 가장 좋아했던 곳 중 하나였다. 핀란드의 건축가 알바 알토의 작품이기도 한 이 서점은 일조량이 적은 북유럽의 햇빛을 공간 안으로 최대한 끌어오기 위한 독특한 형태의 창이 천장에 나 있다. 2층에는 그가 디자인한 조명과 가구로 채워진 카페 알토가 있다. 이 카페는 헬싱키에서 촬영한 일본 영화 '카모메 식당'에도 등장해 더욱 유명해졌다. 얼이는 1층에 무민 책이 모여 있는 코너에서 한동안 머물렀다. 남편은 좋아하는 시리즈의 책을 여러 권 발견했고, 나는 2층 카페에서 알바 알토의 조명 아래 앉아 커피를 마셨다.

로스앤젤레스의 서점은 흥미롭게 구성된 공간과 탁 트인 규모가 하나의 전시관처럼 느껴졌다. 얼이는 처음 만난 형아와 누나들에게 무려 한국어로 말을 건네면서 그 틈에 앉아 책을 읽었다.

제주의 한 독립서점에서는 우리가 소곤거리는 소리와 책장이 사각거리며 넘어가는 소리가 소담한 공간을 채웠다. 어떤 서점은 푹신한 소파가 곳곳에 놓여 있었고, 어느 서점은 통로로 다른 사람이 지나갈 때마다 어깨가 스쳤다. 서점 앞에서 꽃을 팔고 있는가 하면, 작은 책 한 권을 샀는데도 곱게 포장해주던 곳도 있었다.

다녀온 모든 서점이 좋았다. 이렇게 가는 곳마다 좋기도 쉽지 않다. 공간도 특별하고 아름답지만, 어떤 곳은 넓고 다른 곳은 좁고, 여기는 세련되고 거기는 낡았으니 공통점도 없다. 그럼에도 그토록 매번 새롭게 좋았던 것은, 아마도 그 공간에 담겨 있는 수많은 책 때문이었을 것이다. 우리가 찾아내기만 한다면 좋은 것 하나쯤은 반드시 있기 때문이다.

그 중에서도 우리에게 가장 깊은 인상을 남긴 곳 중 하나는 부산 보수동 책방 골목이었다. 우리는 이곳이 얼마나 좋았는지, 저녁 무렵에 가서 책방의 불이 다 꺼질 때까지 머물렀다가 다음 날 아침에 일어나서 그 골목을 다시 찾았다.

좁다란 골목 양쪽으로 크기가 제각각인 책방이 늘어서 있었다. 그 길을 따라 책들이 책방에 기댄 채 층층이 쌓여 조밀한 거

Nairobi, Kenya

리를 이루었다. 골목을 걷기만 해도 책방마다 책들이 수북하게 꽂혀 있는 것을 볼 수 있지만, 책방 안에 들어서는 순간부터는 또 다른 세상이 펼쳐졌다. 높고 좁은 서고 틈으로 계단이 이어지고, 지하에도, 2층에도, 바닥부터 천장까지 둘러보는 곳마다 온통 책으로 빼곡하게 채워진 공간이 나타났다. 책이 층계를 이루고 천장을 받치고 있었다. 오랜 종이 내음이 고여 있고, 묵직하고 잠잠한 분위기가 공기 중에 스며 있었다.

내가 아는 가장 순수한 지적 호기심을 가진 사람은 남편이다. 사람들은 '책'보다 '책을 읽는 나'를 좋아하는 경우가 많다고 한다. 지적 허영과 과시가 책보다 흔한 세상이다. 그러나 곁에서 오래 지켜본 바로 남편은 누구에게 보이거나 어딘가에 검증받기 위해서가 아니라 순수한 열정과 즐거움으로 숙독한다. 그래서 헌책방을 좋아한다. 시간으로 검증받은 책들을 가치 있게 여긴다.

얼이는 다른 이유로 헌책방을 좋아하는데, 평소보다 많은 책을 골라도 엄마, 아빠가 흔쾌히 사주니까 이 골목에서 정말 행복해했다.

눈과 손이 닿는 모든 곳에 책이 있고, 각기 다른 빛을 내는 보석들이 자기를 발견해주기를 바라면서 곳곳에 숨겨져 있다. 우리 셋은 숨죽여 감탄사를 속삭이며 서로를 위한 책을 골라주었다. 오래된 책방 골목은 페이지를 펼칠 때마다 다른 이야기가 전개되는 책처럼 신비로웠다.

그 골목과 책방들은 하나의 오래된 책 같았다. 우리는 그 책이 흥미로워서 책장마다 들여다보았다. 크고 작은 가게마다 세월과 지혜가 켜켜이 쌓여 있었다.

그 중 한 책방에 적혀 있던 글이 인상적이어서 마음에 담아왔다.

"독서는 머리로 떠나는 여행이고, 여행은 몸으로 하는 독서."

-우리글방

이 골목에서 남편은 찰스 디킨스와 도스토옙스키의 묵직한 양장본을 구입했다. 두툼한 책장은 세월의 빛으로 연하게 바래 있었다. 인테리어용으로도 숙면용 베개로도 호신용으로도 괜찮을 것 같다.

Kraków, Poland

Busan

Busan

San Francisco, USA

그 봄에도 이렇게 지천에 꽃이 피었을까.
바람이 불면 민들레 씨앗들이 깃털처럼 가벼이
철조망 너머로 날아가는 것을 보았을까.

8

잊지 않으려고

폴란드 여행을 결정하면서 우리가 꼭 가보고 싶어 했던 곳이 있다. 폴란드 남부에 위치한 오시비엥침이 그곳이다. 우리는 바르샤바에서 기차를 타고 폴란드의 옛 수도인 크라쿠프에 도착해서 차를 빌려 오시비엥침으로 향했다. 창밖으로는 평온하고 고즈넉한 도시 외곽 풍경이 펼쳐졌다. 날이 정말 좋았다. 하늘은 맑고 들판에는 생기가 넘쳐서 온통 싱그러운 푸른빛이었다. 그 위로 그림 같은 집들이 단정하게 놓여 있었다.

그렇게 한참을 달려 오시비엥침에 도착했다. 달려오면서 보았던 고요하고 한적한 풍경과는 달리 각 나라에서 찾아온 많은 사람들이 그곳에 모여 있었다.

아, 이곳은 다른 이름으로 더 많이 알려져 있다. 오시비엥침의 독일식 지명은 바로 아우슈비츠다.

아이에게 삶의 밝은 면만 보여주려고 하지 않는다. 웃는 얼굴만 보여줄 수는 없다. 얼이는 내 얼굴과 감정의 민낯을 모두 보며 자랐다. 항상 함께 있으니 감추거나 숨길 수도 없다. 더욱이 육아는 내 모든 감정을 이끌어내고, 나도 몰랐던 내 모습을 들추어내는 과정이다. 거기에 아이의 마음은 공사 중이다. 한 사람의 인격체로 자라가는 과정을 통과한다. 공사 중에는 큰 소리와 소음이 난다. 튼튼한 건물이 지어지기 위한 필연적인 과정이다.

화가 날 때는 화를 낸다. 분노를 쏟아내거나 분풀이를 한다는 의미가 아니다. 감정을 드러내고 솔직하게 표현한다. "얼아, 엄마가 지금은 화가 났어. 기분이 좋지 않아. 엄마가 너무 속상해."

얼이에게 나의 감정을 이야기해준다. 표현할 뿐 아니라 감정이 가라앉고 상한 기분과 마음을 풀어내는 과정도 보여준다. 사과해야 한다면 진솔하게 사과하고, 다독이며 회복하는 시간도 가진다. 얼이가 화가 나거나 슬퍼하거나 기분이 상했을 때도 마찬가지다.

나는 우리가 느끼는 감정을 인정하고 지혜롭게 표현하는 것이 안전하고 건강하다고 믿는다. 기뻐하기만 하는 것이 밝은 것도 아니고, 상처받아본 적 없는 사람이 단단한 것도 아니다. 그림자가 없는 햇살은 있을 수 없다.

폴란드에 오기 전, 셋이 나란히 앉아 영화 '인생은 아름다워'를 보았다. 아주 오래전에 봐서 그저 흐릿한 감상으로만 남아 있던 영화를 결혼하고 아이를 낳고 남편과 아이와 함께 다시 보니, 그전에도 이런 장면들이 있었던가 싶을 만큼 모든 장면이 새로웠다.

하늘은 구름 한 점 보이지 않게 깨끗하고 맑았다. 우리는 영화에서도 보았던 수용소 내부로 곧장 들어오게 설치된 철로 위를 걸었다. 영화 속에서는 아내가 남편과 아이가 기차에 태워지고 그것을 돌이킬 수 없자 그 자리에서 스스로 기차에 오른다. 기차에 실려 강제로 이곳에 들어온 사람들은 대부분 다시 바깥으로 나가지 못했다.

수용소 주위로 둘러진 것이 담벼락이 아니라 철조망이어서 더 절망스러웠다. 그 너머로 보이는 풍경이 너무도 눈부시게 평화롭고 아름다워서. 어떤 이들은 고통을 이기지 못하고 자신의 몸을 전기 담장에 던졌다고 한다.

이곳에는 얼이가 좋아하는 민들레 꽃이 지천이었다. 민들레가 여러 해 사는 꽃이라는 것을 알게 된 후로 얼이는 민들레를 발견하면 꺾어서 불지 않고 곁에 가만히 앉아 손끝으로 살살 흔들어준다. 거대한 성냥갑 같은 수용소 건물이 끝도 없이 늘어선 이곳에서도 얼이는 한참을 풀밭에 앉아 민들레 씨앗을 살며시 내년 봄으로 날려 보냈다.

그 봄에도 이렇게 지천에 꽃이 피었을까. 민들레가 흐드러지고, 바람이 불면 그 씨앗들이 깃털처럼 가벼이 철조망 너머로 날아가는 것을 보았을까. 햇살이 저 너머 차라리 환상 같은 풍경과 내 아이와 함께 디디고 선 지옥에까지 고르게 비추는 것을 보았을까.

아우슈비츠는 어마어마하게 넓었다. 우리는 그날 온종일 그곳에 머물면서 2만 보 정도를 걸었다. 전시관에는 내 나이 또래 여성들의 사진도 있었다. 전쟁이 끝나고 수용소에서 구출되었을 때 그녀들의 몸무게는 20~30킬로그램에 불과했다고 한다.

Oświęcim, Poland

Oświęcim, Poland

갇히고 사로잡혔던 사람들의 존엄의 무게에 대해 생각해본다. 인상은 여러 가지 의미로 우리 삶에 흔적을 남긴다.

무뎌지지 않겠다고 다짐한다. 우리에게 주어진 지금 이 모든 것을 당연하게 여기지 않겠다고.

얼이는 수용소 내 박물관의 모든 전시실을 우리와 함께 찬찬히 둘러보면서 다리가 아프면 안아달라고 팔을 뻗고, 너른 바깥에서는 폴짝거리며 뛰어다녔다.

우리는 얼이가 지금은 다 이해하지 못할 것들에 대해 많은 이야기를 나누었다. 얼이가 물었다.

"엄마, 그런데 왜 여기를 이렇게 남겨놓은 거야?"

"응. 기억하기 위해서. 잊지 않으려고."

우리에게 주어진 일상을 지속하는 것은 가치 있는 일이다.
성실이야말로 가장 큰 용기다.

8

퍼즐을 완성하는 법

퍼즐을 완성하려면 어떻게 해야 할까?

방법은 간단하다. 일단, 모든 조각이 있어야 한다.

온라인 계정에 드문드문 여행 사진을 올리면 이런저런 얘기를 듣게 된다. 대부분 가보지 못한 곳에 대한 호기심이나 가본 곳에 대한 반가움 같은 감상들이고, 나도 공감하며 즐겁게 읽는다. 스리랑카 여행을 다녀온 후에는 사진을 올리고 난 뒤 비슷한 이야기를 여러 번 들었다.

"스리랑카에 이런 곳이 있는지 몰랐어요."

Galle, Sri Lanka

스리랑카에서 우리는 대부분 기차를 타고 다녔다. 기차가 다니지 않는 곳에서는 버스를 탔고, 차가 닿지 않는 곳에는 툭툭을 타고 갔다. 에어컨도 없고 정해진 자리도 없는 기차는 몇 시간이 떨어진 도시를 가는데도 천 원 남짓. 그렇게 도착한 도시에서 우리는 모기장이 쳐진 방 한 칸에 묵기도 하고, 우리를 신기하게 쳐다보는 동네 사람들 틈에 앉아 손으로 난과 커리를 먹기도 했다.

그런가 하면 바다와 연결된 빌라에서 지내기도 했다. 우리 가족만을 위해서 해변이 보이는 곳에 아침 식사를 차려주고, 오후에는 찻주전자에 갓 끓인 홍차와 쿠키를 가져다주는 곳이었다. 실론티의 나라답게 너른 차밭이 펼쳐져 있던 누와라엘리야에서는 그랜드 호텔에서 애프터눈 티를 마셨다. 콜롬보의 갈 페이스 호텔에는 호텔 내부에 도서관과 박물관이 있었다. 고급스러운 가구가 놓인 넓고 조용한 박물관 한쪽에는 지금까지 그 호텔에 투숙했던 세계적인 명사들의 사진이 걸려 있었다.

산과 바다, 도시와 시골에 갔다. 다듬어지지 않은 자연과 유럽의 영향을 받은 고풍스러운 건물이 거기에 있었다. 우리는 운동화와 구두를 모두 가방에 담았다. 이 나라의 면면을 보고 싶었다.

여행에서 돌아와 사진을 올렸다. 해안가의 화려하고 호사스러운 레스토랑, 섬세하게 세공된 최고급 찻잔 세트, 빛바랜 기차와 맨발의 사람들이 모두 스리랑카였다. 몰디브로 가는 길에 잠시 들르거나 패키지로 여행했던 누군가는 민낯과 날것의 풍경을, 배낭여행으로 다녀온 누군가는 그 나라가 지닌 우아함과 기품을 놀라워했다.

"스리랑카에 이런 곳도 있었네요."

그러나 내가 보지 못한 스리랑카가 훨씬 더 많으리라.

여행도 도시도 사람도, 살아 있고 쉴 새 없이 변하는 것에서 '모든' 조각을 찾아 '완벽'한 그림을 만들 수는 없다. 남편과 나는 이제 15년째 친구다. 그럼에도 우리는 여전히 서로에게서 새로운 면을 발견한다.

나고 자란 이 도시에서도 내가 알지 못하는 조각은 무수하다. 그래서 나는 가능한 한 많은 조각을 모은다. 같은 도시를 여러 번 방문해보면 그 도시의 다른 얼굴을 보게 된다. 다른 길이의 여행을 많이 떠났다. 어느 도시에서는 몇 시간, 많은 도시에서

Kosgoda, Sri Lanka

며칠, 몇 주, 그리고 여러 도시에서 몇 달을, 어느 도시에서는 해를 넘기며 살았다.

다양한 나라에 간다. 부유하고 가난한 나라. 멀고 가까운 나라. 춥고 더운 나라. 미국과 케냐에 다녀오고, 핀란드에 갔다가 말레이시아를 찾아가고, 대만을 여행하고 헝가리로 떠났다.

언젠가 디자인 매거진에서 이런 기사를 읽었다. 한 자동차 회사에서 과감한 결단을 내렸는데, 바로 디자이너를 세계 각국으로 보내 여행하며 다양한 문화를 향유하게 한 것이다. 최고의 사람들이 타는 차는 어떤 자동차여야 하는지, 문화와 사고를 읽기 위해 디자이너들에게 유럽, 미국 등 많은 나라에 가서 최상류층 부호들이 어떻게 사는지 실질적 경험을 하게 했다고 한다. 기사에는 세심한 취향과 문화적 감성을 실제로 감각하는 일이 그 개인과 브랜드에 얼마나 큰 영향을 미쳤는지에 대한 이야기가 담겨 있었다. 슈퍼리치들은 럭셔리 제품을 사지 않는다고 한다. 그들은 가족과 함께하는 시간, 여행, 외식 같은 경험을 산다.

반대의 경우도 마찬가지다. 우리 가족이 케냐 마사이마라에 갔을 때는 롯지에 머물렀다. 깨끗한 수영장이 있고 밤에는 공연이 이어졌다. 식사는 하루에 세 번씩 뷔페가 차려지거나 디저트까지 완벽한 코스 요리로 제공되었다. 그러나 스무 살, 그곳에 갔을 때는 마사이 마을 옆에 텐트를 쳤다. 거기까지 타고 들어간 지프 위에는 우리가 마실 물이 담긴 커다란 들통이 실려 있었다. 전기는커녕 씻을 물도 없었다. 그러나 마찬가지로 그 여행은 나를 영원히 바꾸어놓았다. 한 컵의 물로 씻는 법을 배웠고, 전기가 없어도 달빛으로 사방이 환했다. 밤하늘 가득 흩어져 새하얗게 빛나는 별이 더 잘 보였다. 하늘에 별이 그토록 많은지 처음 알았다. 나는 훨씬 용감해졌다. 솔직해졌고 더 먼 곳을 보게 되었다.

퍼즐 조각을 모으고, 모두 중요하게 여긴다. 여러 가지 색과 무늬가 새겨진 부분만이 아니라, 단조롭게 이어지는 배경들도 제자리에 맞춰 넣는다.

떠나는 것만큼 돌아오는 것도 중요하다. 여행과 일상이 모두 소중하다. 모든 것을 두고 낯선 곳으로 떠나는 것만큼 삶의 자리를 묵묵히 근면하고 끈기 있게 지켜가는 것도 결단을 필요로 한다. 우리에게 주어진 일상을 지속하는 것은 가치 있는 일이다. 성실이야말로 가장 큰 용기다.

우리 가족도 여느 가정이 그렇듯 휴가와 빨간 날에만 여행을 떠난다. 미래를 위해 현재의 행복을 희생하지 않고, 현재의 즐거움을 위해 미래를 저당 잡히지 않는다. 일상을 두고 가지 않는다. 그저 우리에게 작은 틈이 주어질 때마다 떠났다. 우리의 여행을 지속 가능하게 하는 것은 일상이다.

균형을 저울이나 시소 같은 것이라 생각했다. 이편에서 덜어내어 저쪽에 주는 것. 아슬아슬 중심을 잡아야 하는 것.

꿈꾸었던 직업을 계속 일구어가면서, 소중한 내 아이의 곁을 지키는 엄마도 되고 싶었다. 그래서 나는 내게 주어진 시간을 이리저리 나누고 덜어내어 중심을 잡으려 애를 썼다. 그러나 어느 한쪽에 조금의 무게가 더해지거나 잠시 소홀해지면 순식간에 평형이 깨지며 저울 위에 올려두었던 모든 것이 와장창 요란하게 바닥으로 쏟아졌다. 엄마도 아내도 디자이너도 때로는 딸과 언니, 누나, 며느리의 역할도 '균형 있게' 해내고 싶었지만, 애초에 그것은 시소에 다 올려놓을 수도 없는 것이었다.

균형은 오히려 퍼즐과 닮았다. 남편과 친구에서 연인으로, 연인에서 부부가 되면서 우리는 점차 가까워졌다. 그리고 서로의 간격이 줄어들면서 우리가 얼마나 다른 사람인가 알게 되었다.

Colombo, Sri Lanka

함께 있으면 즐겁고 친밀한데 어쩌면 이렇게 다를까 생각했다. 가까운 듯 멀고, 비슷하지만 다르고, 닮았으나 맞지 않았다.

차츰 시간이 지나 알게 되었다. 너무 달라서 부딪치고 맞지 않는다고 생각했던 우리의 모나고 움푹한 부분은 서로의 넉넉한 부분과 꼭 맞아 부드럽게 채워졌다. 우리는 다르기 때문에 잘 맞았다. 곁에 자리하며 서로의 빈 곳을 메우고 퍼즐처럼 완성되었다.

삶의 다른 많은 균형도 시소보다는 퍼즐일 때가 많다. 일과 가정, 부와 가난, 여행과 일상, 부부와 부모, 소망과 현실. 보이는 것과 보이지 않는 것. 어느 것 하나 비워두거나 포기하지 않고, 제자리에 맞춰 넣는다.

일상을 살며 여행을 떠나고, 일을 하고 얼이를 돌본다. 아내이면서 엄마가 되고, 저축을 하면서 선물을 산다. 우리 주위에 사소한 것을 살피고, 거대한 것에 관심을 가진다. 현실을 충실히 살면서 꿈을 꾼다. 내 삶의 많은 역할도 각자의 자리를 채우며 하나의 그림을 이루어간다.

누군가의 퍼즐은 조각이 많고 내 것은 조금 더 적고, 어떤 이는 크고 누군가는 작고, 어떤 그림은 호화로운 색상으로 덧입고 다른 그림은 조금 담백하고 수수하게 보일 수도 있겠다.

다만 나는 내게 주어진 그림을 완성해간다. 더 많은 조각을 찾고, 퍼즐을 하나씩 차근차근 촘촘하게 채워 넣는다.

Warszawa, Poland

Warszawa, Poland

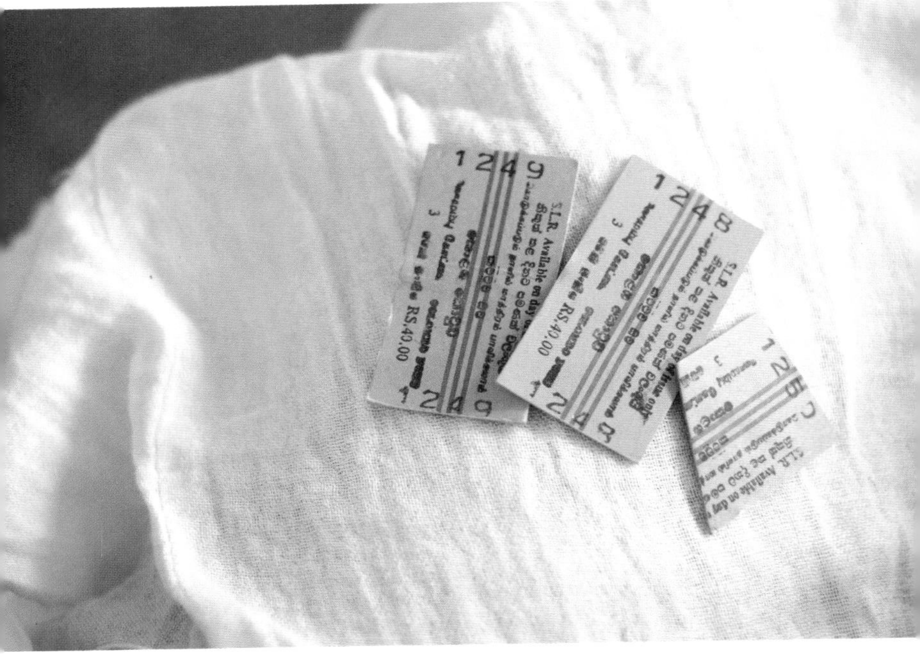

Negombo, Sri Lanka